LE SECRET DES MAC GORDON

Christian Jacq

LE SECRET DES MAC GORDON

Les enquêtes de l'inspecteur Higgins

J
ÉDITIONS

Infos-livres-nouveautés
www.j-editions.com

ISBN : 9791090278462
eISBN : 9791090278479

Photo de couverture : Écossais jouant de la cornemuse.
© J Éditions.

En 1985, sous le pseudonyme de J. B. Livingstone, j'ai publié une première version
de cette enquête, aujourd'hui obsolète. Voici la seule version autorisée.

L'Égypte menant à tout, j'ai eu la chance, lors d'un séjour de recherche au British Museum, de rencontrer un personnage extraordinaire. Aimant se faire appeler Higgins, en dépit de ses titres de noblesse, cet inspecteur de Scotland Yard avait été chargé d'un grand nombre d'enquêtes spéciales, particulièrement complexes ou « sensibles ».

Entre nous, le courant est immédiatement passé. D'une vaste culture, Higgins m'a accordé un privilège rare en m'invitant dans sa demeure familiale, une superbe propriété au cœur de la campagne anglaise. Et il m'a montré un trésor : ses carnets relatant les affaires qu'il avait résolues.

J'ai vécu des heures passionnantes en l'écoutant et obtenu un second privilège : écrire le déroulement de ces enquêtes criminelles, fertiles en mystères et en rebondissements.

Voici l'une d'entre elles.

— 1 —

The Slaughterers[1], petit village du Gloucestershire, était l'un des endroits les plus tranquilles de la vieille Angleterre. Il abritait la demeure ancestrale de l'ex-inspecteur-chef Higgins qui y jouissait d'une retraite heureuse. Il avait quitté sans regret New Scotland Yard et ses locaux de béton et d'acier, voués à la police scientifique.

Ce matin-là, comme la plupart des autres matins, il pleuvait. Excellente occasion pour allumer le feu dans la grande cheminée du salon et somnoler une petite demi-heure en rêvant au bon vieux temps où l'avion, la voiture, la télévision, le téléphone portable et les ordinateurs n'existaient pas.

De la main gauche, Higgins flatta les oreilles de Trafalgar, un superbe siamois aux yeux bleus installé sur le fauteuil le plus douillet, puis disposa du petit bois dans l'âtre. Les braises de la veille, encore rougissantes, suffiraient à l'allumer. Higgins utilisa un soufflet, mais ne dégagea qu'une épaisse fumée qui le fit tousser. Le petit bois était trop vert.

Contrarié, l'ex-inspecteur-chef sortit de sa demeure pour respirer un peu d'air frais.

Trapu, les cheveux noirs, les tempes grisonnantes, la lèvre supérieure ornée d'une moustache poivre et sel, Higgins

---

1. Les assassins (littéralement : « les bouchers »).

avait un œil malicieux et inquisiteur, contrastant avec une allure bonhomme. Au premier examen, on le prenait pour un personnage débonnaire ; en réalité, il était un confesseur-né. À l'aise avec n'importe qui, il attirait les confidences du Lord comme du docker.

Ses collègues le considéraient comme le meilleur « nez » du Yard ; pourtant, Higgins n'avait guère grimpé dans la hiérarchie. Les honneurs et les titres ne l'intéressaient pas. Ce qu'il aimait, c'était son manoir familial aux fenêtres XVIIIe, au toit d'ardoises, les chênes centenaires, le murmure d'un cours d'eau, les rosiers à tailler, le bois à couper, la pelouse à entretenir, les bons livres d'histoire évoquant la comédie humaine.

À peine avait-il mis le pied dehors qu'une voix rugueuse provenant d'une fenêtre du premier étage le cloua sur place.

— Puisque vous êtes dehors, allez chercher le courrier.

La voix de Mary, la gouvernante âgée de soixante-dix ans depuis toujours ; elle avait traversé guerres mondiales et crises économiques sans le moindre rhume, jouissait d'un dynamisme insolent, croyait en Dieu et en l'Angleterre, et se montrait adepte d'un modernisme à tous crins. Une batterie d'appareils électroniques était installée dans sa cuisine où, cependant, elle préparait de succulents repas.

L'ex-inspecteur-chef marcha jusqu'à la boîte à lettres en chêne ; il y trouva le *Times,* bien protégé par sa bande, et une lettre ordinaire sans mention de l'expéditeur. Satisfaction importante : cette fois, il lirait les nouvelles avant Mary, qui avait la détestable manie d'ôter subrepticement la bande, de consulter le quotidien et de la remettre en place.

Neuf heures et quart sonnèrent au clocher de l'église toute proche. L'heure de la collation servie par Mary.

Quand l'ex-inspecteur-chef s'installa confortablement dans son fauteuil préféré, il constata avec amertume que

Mary avait réussi, elle, à allumer le feu. Sur une table basse, une tisane amère destinée à lutter contre l'engorgement du foie.

Par bonheur, il y avait la chaleur des boiseries, le moelleux des tapis d'Iran, le confort d'une demeure patinée par les siècles, vieillissant comme du bon vin.

Le regard de Higgins tomba sur la lettre posée à côté du *Times*. Trafalgar étendit les pattes, émit une sorte de soupir et se roula en boule, sans cesser d'observer l'ex-inspecteur-chef qui, s'emparant d'un coupe-papier, ouvrit l'enveloppe.

Elle ne contenait qu'un bristol avec ces quelques mots :

Viens le plus vite possible. Je suis en danger de mort.
Duncan Mac Gordon.

2

Une heure de train jusqu'à Londres, un changement à King's Cross, direction Édimbourg. Pour affronter les rigueurs d'un aussi long déplacement, Higgins s'était muni d'une valise, d'un nécessaire de toilette et d'une trousse médicale d'urgence. À King's Cross, il avait hésité entre le train et un service d'autocar express. Se méfiant des routes écossaises, il avait finalement adopté la première solution. Mais à la gare de Kelso, il avait dû abandonner la sécurité relative du chemin de fer pour monter dans un petit car local qui prit la direction de Hume, vers le nord, puis obliqua vers l'est, longeant la rivière Blackadder.

Higgins ne comprenait pas le goût forcené de ses contemporains pour les déplacements futiles. De la fatigue, des courants d'air, des changements de climat dangereux pour le métabolisme, des risques superflus… Si Duncan Mac Gordon n'avait pas été un ami d'enfance et un camarade de collège à la loyauté sans faille, Higgins n'aurait pas accepté de quitter son domaine douillet pour partir ainsi à l'aventure. Par malheur, Mary collectionnait les indicateurs de voyage et les horaires de tous les moyens de transport répertoriés. Il avait été obligé de lui demander conseil, et en moins d'une heure, elle avait résolu les problèmes techniques du parcours pendant que l'ex-inspecteur-chef préparait ses bagages.

Vers dix-sept heures, le petit car en provenance de Kelso entra dans le village de Landonrow. Une bourgade écossaise typique, avec ses vieilles maisons dont certaines en bois et en torchis, et son édifice principal, le Tolbooth, le cœur de la vie communautaire. Cet édifice servait à la fois de mairie, de prison et de perception. Au milieu de l'unique grand-rue, une croix surmontée d'une licorne précédait la place du marché, bordée des demeures les plus cossues, celles des marchands de laine. Les principaux commerces étaient des boutiques de filature vendant lainages, tweeds et tartans produits par les fabriques de Duncan Mac Gordon.

Il y avait là un parfum d'immuable, d'ancré dans la tradition, loin de la vitesse et du bruit. Landonrow, avec ses rares passants au visage fermé, ses bâtisses usées par le temps, son ciel gris, ne manquait pas de charme.

Le village était dominé par une butte sur laquelle était construit le château du clan Mac Gordon, l'un des plus anciens et des plus vénérés d'Écosse. Édifié au début du Moyen Âge, c'était une demeure plutôt austère. Pour l'atteindre, Higgins devrait gravir une pente assez raide, ses bagages à la main.

C'est en commençant son ascension que l'ex-inspecteur-chef ressentit une douleur aiguë au genou gauche : une nouvelle attaque d'arthrose. Tout effort violent risquait d'aggraver le mal. S'il n'y avait pas eu l'amitié…

Malgré l'éventualité de voir son articulation se bloquer à tout moment, Higgins quitta la route principale, la Single Track Road, ne permettant le passage que d'une seule voiture, pour s'engager dans un sentier escarpé fleurant bon les senteurs de l'automne. Au pays de la plus fameuse des rivières, la Tweed, les flancs des collines étaient violets. La bruyère étendait son manteau pourpre sur la lande, la fougère parait de roux le moindre sous-bois. Le paysage, rythmé par bouleaux et mélèzes, gardait les secrets d'une très ancienne terre, à l'écart de l'humanité et de ses prétendus progrès. Le château dominait plusieurs vallées fermées, peuplées de moutons. Des murets de pierres sèches séparaient les lopins de terre. Le ciel changeait très vite, fidèle au principe de la douche écossaise ; Higgins s'en aperçut lorsqu'une courte et violente averse éprouva la qualité de son imperméable, un Tielocken, le plus ancien modèle de chez Burberry. Prévoyant, il avait coiffé une casquette à petits carreaux et noué autour de son cou un foulard de cashmere, espérant que ces précautions lui permettraient d'éviter un refroidissement.

Tandis qu'il marchait, des souvenirs traversèrent sa mémoire. Des scènes où éclataient la vigueur, la santé et la puissance de Duncan Mac Gordon. Higgins, dont le goût pour les sports violents n'avait jamais été très prononcé, était pourtant devenu le meilleur ami de l'Écossais, champion du lancer de marteau. À Cambridge, ils formaient un duo inséparable. Higgins avait donné à Duncan Mac Gordon nombre de renseignements utiles pour réussir ses examens, parfois de manière presque illicite ; et l'Écossais avait emmené Higgins dans quelques joyeuses bordées sur lesquelles s'étendait un voile pudique. Au sommet de leur gloire estudiantine, les deux amis appartenaient à un équipage qui avait permis à Cambridge de remporter sur Oxford la course d'aviron la plus célèbre du monde. Higgins tenait le porte-voix et rythmait la cadence, Duncan Mac Gordon n'en faisait qu'à sa tête et maniait ses avirons comme de grosses allumettes. À lui seul, l'Écossais avait fait triompher son bateau. Un colosse sûr de lui, gourmand de la vie, joyeux, entraînant, détestant les mesquineries, les faux-fuyants et les incapables. L'un de ces êtres au cœur d'or dont la présence rachète un peu le reste de l'humanité.

Higgins et lui s'étaient souvent revus lors de banquets où l'ancien policier réunissait ses amis dans le cadre d'une association archéologique. Cette « couverture » était indispensable pour que Mary ne pose pas de questions sur des soirées se prolongeant toujours tard dans la nuit.

Lorsque Duncan Mac Gordon s'était marié, voilà plus de trois ans, Higgins n'avait pu se rendre à la cérémonie, cloué au lit par une mauvaise grippe contractée lors d'une enquête à Londres. Aussi n'avait-il pas eu l'occasion de rencontrer Kathrin, l'épouse du colosse.

Quand il déboucha sur la vaste plate-forme constituant le sommet de la colline, une bourrasque faillit le renverser. L'imposant château des Mac Gordon, aux tours carrées, commençait à disparaître dans les ténèbres. Une chouette hulula. Higgins pressa le pas, traversa l'esplanade d'où montait une odeur de feuilles mortes et de terre humide, arriva devant la porte principale, surmontée d'une lanterne. Il tira la chaîne en fer qui fit résonner une cloche. Un son lugubre se diffusa, tel un glas. Un fait bizarre l'intrigua : aucune lumière ne brillait, comme si le château était inhabité. L'ex-inspecteur-chef leva la tête. Il lui sembla apercevoir quelqu'un sur le chemin de ronde reliant entre elles les tours carrées. Une ombre fugitive, sans doute un effet d'optique. Higgins fit à nouveau résonner la cloche.

Un bruit de pas de l'autre côté du portail. Un guichet s'ouvrit au centre de la porte, une paire d'yeux contempla l'importun. Une voix féminine, assez rauque, s'éleva.

— Qui êtes-vous ?

— Je voudrais voir Duncan Mac Gordon. Je suis l'un de ses amis, mon nom est Higgins.

— Impossible.

— Pardon ?

— J'ai dit impossible, s'énerva la femme.

— Mon ami Duncan n'a jamais refusé de m'ouvrir sa porte.

— Cette fois-ci, ce sera différent.

La patience était une vertu majeure, mais cette voix irritait Higgins depuis la première seconde.

— Mademoiselle, vous avez deux excellentes raisons de m'ouvrir immédiatement. J'appartiens à Scotland Yard et je suis porteur d'une lettre de Duncan Mac Gordon qui me prie de venir d'urgence au château. Il vaudrait mieux me recevoir.

3

Un long silence succéda à la mise en garde de Higgins. Puis la porte aux ferrures anciennes s'ouvrit en grinçant, laissant apparaître la cour intérieure du château. Une allée centrale dallée, des parterres de gazon, un puits. Barrant le chemin à Higgins, une petite femme rousse aux cheveux courts, au visage parsemé de taches de rousseur, vêtue d'un pantalon gris et d'un chandail rouge.

— Duncan Mac Gordon est mort, révéla-t-elle.

Higgins, en apparence, demeura de marbre ; il n'avait pas à révéler ses sentiments à une personne inconnue. Comment aurait-elle pu comprendre que cette mort le touchait au plus profond ?

— Je m'appelle Alice Brown, précisa la rousse, et je suis l'intendante du château.

Le regard de Higgins fut attiré par une lumière fugace au premier étage. Une bougie allumée et vite éteinte. Quelqu'un qui aimait voir sans être vu.

— Quand est-ce arrivé ?

— Cette nuit.

— C'est vous qui…

— Non, pas moi, répondit nerveusement Alice Brown ; c'est Mme Mac Gordon qui a découvert le corps. Désirez-vous que je vous annonce ?

– À condition qu'un entretien lui paraisse supportable dans les circonstances présentes.

– Suivez-moi.

Alice Brown marchait vite. Bien qu'elle fût vigoureuse, elle n'avait pas proposé à Higgins de le soulager d'un de ses bagages. Il traversa donc la cour à son rythme et fut introduit dans le fameux grand hall, la plus antique et la plus belle partie du château. Il ressemblait à la nef d'une église, avec ses murs de pierre percés d'étroites fenêtres, pourvus de vitraux, et son toit en forme de charpente de navire. Le fond de la vaste pièce était occupé par un panneau de bois ajouré servant de support aux portraits des ancêtres du clan Mac Gordon, une succession de colosses barbus à la mine plutôt rébarbative. Unique mobilier : des chaises au dossier bas recouvert de cuir. Une seule cheminée pour chauffer un si vaste espace. Higgins en eut froid dans le dos.

– Attendez-moi ici, ordonna Alice Brown.

Higgins avait rarement vu une femme disposer d'aussi peu de grâce. Bien qu'Alice Brown n'eût guère plus de trente ans, elle semblait vieille et ne respirait pas le bonheur. À moins qu'elle ne cultivât son aspect revêche pour impressionner son entourage et mieux le mener à la baguette !

Higgins patienta une dizaine de minutes, l'atmosphère lui parut très humide. Il se tint près de la cheminée pour tenter d'éviter un refroidissement, mais une envie d'éternuer lui chatouilla les narines. Au prix d'un effort remarquable, Higgins se contrôla au moment où Alice Brown réapparut.

– Madame vous attend.

Ses bagages à la main, Higgins suivit l'intendante. Un long couloir aux murs nus, un escalier de pierre aux marches usées par le temps, un palier.

— C'est ici, dit Alice Brown en indiquant une chambre dont la porte était ouverte.

Une pièce sombre, au parquet de bois et aux murs ornés de caissons en forme de losanges. Une seule fenêtre, ogivale. Au centre, un grand lit à baldaquin. Deux hauts chandeliers éclairaient le défunt qui reposait là.

Duncan Mac Gordon, colosse de près de deux mètres, à l'épaisse et longue barbe rousse, dormait de son dernier sommeil. Le chef du clan était vêtu de la grande tenue de cérémonie des Mac Gordon, béret bleu à pompon rouge, kilt rouge vif parsemé de filets blancs, couleurs traditionnelles authentifiées par la bible des tartans, ouvrage rarissime dont un exemplaire était conservé dans la bibliothèque du château. Sur le devant du kilt, le sporran, la bourse en cuir. Dans la chaussette droite, un couteau. Sur le béret, sur le kilt, sur la lame du couteau, sur le sporran, les armes du clan : deux épées entrecroisées surmontées d'un feu, avec la devise : *Toujours pur.*

Profondément ému, Higgins retint difficilement ses larmes. On aurait juré que Duncan Mac Gordon était encore plein de vie, qu'il allait se lever, triompher de cette épreuve comme des autres. L'ex-inspecteur-chef médita longuement devant la dépouille de cet être exceptionnel et se jura de ne pas laisser sa mort inexpliquée.

— Vous étiez un ami de mon mari ?

Higgins sursauta. On avait parlé derrière lui, ce n'était pas la voix dure d'Alice Brown. La femme était sortie de l'ombre où elle se réfugiait ; à la lueur des bougies, Higgins aperçut un visage assez doux et des cheveux bouclés ; brune, les yeux vert clair, la peau satinée, des lèvres au dessin très pur soulignées d'un rouge discret, cette jeune personne possédait une distinction naturelle et un charme prenant.

— Je suppose que vous êtes Kathrin ?

– En effet. Mais vous-même…

– Alice Brown ne vous a-t-elle pas indiqué que j'étais l'inspecteur Higgins, de Scotland Yard ?

– J'avoue ne pas très bien comprendre.

– Duncan vous a peut-être relaté cet événement ?

Higgins montra à Kathrin la fameuse photo où l'on voyait les membres d'un équipage victorieux de Cambridge posant pour la postérité. La haute silhouette de Duncan Mac Gordon, tenant les avirons, dominait ses camarades. Higgins était au premier rang, muni de son porte-voix, la mine réfléchie et sérieuse.

– C'est donc vous, le fameux inspecteur… Oui, Duncan m'a parlé de votre amitié et de cet épisode glorieux.

– La disparition de votre mari me touche profondément ; il était mon ami. Un ami irremplaçable.

– Ce drame a été si soudain, inspecteur !

– Si cela ne vous est pas trop pénible, pourriez-vous me préciser les circonstances du décès ?

Le plafond de la chambre mortuaire gémit, quelqu'un marchait au-dessus. Higgins eut la désagréable impression qu'on écoutait leur conversation.

– Selon la coutume du clan, expliqua Kathrin Mac Gordon, Duncan et moi faisions chambre à part. Hier soir, il avait décidé de travailler tard. Il préparait ses dossiers pour la foire du tweed de Kelso où il devait défendre son titre de meilleur lanceur de troncs d'arbre d'Écosse. Je suis allée me coucher peu après onze heures ; j'étais fatiguée et me suis endormie presque aussitôt. Vers quatre heures du matin, un mauvais rêve m'a réveillée. Je me suis levée et j'ai remarqué un rai de lumière sous la porte séparant le domaine de mon mari du mien. Étonnée, j'ai frappé ; pas de réponse. J'ai tenté d'ouvrir : fermée. Ce n'était pas dans les habitudes de Duncan. Je suis sortie dans le couloir ; la porte de la chambre, elle, était ouverte. Mais pas de Duncan ! Le lit n'avait pas été défait. Inquiète, je suis allée jusqu'à son bureau et c'est là que je l'ai trouvé. Couché en travers de sa table de travail, comme s'il s'était écroulé après s'être levé. Sans doute avait-il voulu mourir debout.

Kathrin Mac Gordon s'était exprimée avec autant de clarté que d'émotion contenue. Sa voix avait un peu tremblé sur la fin. « Une femme de tête, jugea Higgins. Sensible, délicate, mais moins fragile qu'il n'y paraît. »

— Qui a déplacé le corps ? interrogea-t-il.

— J'ai immédiatement prévenu mon frère, Michael Scinner, membre du clan et médecin de famille. Il habite à Landonrow. Dix minutes après mon appel, il était ici et n'a pu que constater le décès. Crise cardiaque foudroyante. Avec l'aide du brigadier-chef David Multon, également membre du clan, il a déplacé le corps de Duncan ce matin. Ils m'ont aidée à le revêtir des habits de cérémonie et à le préparer en vue de l'inhumation. Je tenais à le garder auprès de moi aussi longtemps que possible.

Avec beaucoup de discrétion, Higgins avait sorti de la poche intérieure de sa veste un petit carnet noir sur lequel il prenait des notes, à l'aide d'un crayon qu'il taillait avec un canif.

— Vous semblez perplexe, s'inquiéta Kathrin Mac Gordon.

— La mort de Duncan Mac Gordon n'est probablement pas naturelle.

4

Higgins n'avait ni élevé la voix ni dramatisé le ton, mais Kathrin fut visiblement bouleversée. Elle pâlit, manqua d'air, se détourna pour reprendre son souffle. Chez une femme si pondérée, ce comportement était presque étrange. Higgins en profita pour jeter un coup d'œil dans le couloir, car il avait entendu grincer des lames de parquet. Personne. Alice Brown s'était éclipsée.

— Qu'est-ce qui vous permet d'émettre une hypothèse aussi affreuse, inspecteur ?

— Ceci, madame.

Higgins lui présenta la dernière missive écrite de la main de Duncan Mac Gordon. Kathrin lut les phrases qui remettaient en cause la thèse d'un simple décès : « *Viens le plus vite possible. Je suis en danger de mort.* »

— Reconnaissez-vous l'écriture de votre mari ?

— Tout à fait.

— J'ai d'abord pensé à une mauvaise plaisanterie, puis j'ai comparé avec d'autres lettres de Duncan. Je ne suis pas un grand expert en graphologie, mais il n'y a pas d'erreur possible.

Kathrin Mac Gordon parut troublée ; la mort de son mari s'accompagnait à présent d'ombres menaçantes.

– Peut-être jugerez-vous ma demande excessive, madame… Pourriez-vous me conduire jusqu'au bureau de votre époux ?

Kathrin Mac Gordon leva vers Higgins un regard chargé à la fois de reproches et d'anxiété. L'ex-inspecteur-chef se sentit un peu gêné de commencer son enquête aussi rapidement, mais il n'avait guère le choix.

– Si vous voulez…

– Merci de votre compréhension, et soyez certaine que je n'ai qu'un seul but : éclaircir les circonstances de cette mort, si vous consentez à m'aider.

– Vous étiez un ami très cher de mon mari, l'interrompit Kathrin ; pour moi, c'est l'essentiel. Si Duncan a été assassiné, pas un membre du clan Mac Gordon ne trouvera le repos avant que son meurtrier n'ait été châtié. Votre aide est la bienvenue, inspecteur. Comptez sur moi pour vous faciliter la tâche.

Kathrin Mac Gordon avait puisé dans ses réserves de sang-froid sans que s'estompe son apparence fragile. Elle guida Higgins jusqu'au bureau du maître du clan, situé à l'autre extrémité du couloir. Il occupait toute une aile du château. Pièce impressionnante, en vérité : un plafond décoré des blasons du clan et rythmé par de larges poutres noircies ; une cheminée au carré ; des fenêtres longues et étroites, ressemblant à des meurtrières et donnant sur les douves remplies d'une eau stagnante ; des tartans anciens exposés dans une vitrine ; un tableau de l'ancêtre du clan, en pied et en kilt, dont Duncan Mac Gordon semblait être la réincarnation ; un énorme alambic, le premier utilisé dans la plus ancienne distillerie Mac Gordon ; enfin, une longue table de travail à la mesure du colosse. Dessus, un téléphone ancien, un sous-main refermé, un flacon rempli de whisky, un verre, un portrait de Kathrin et deux ouvrages anciens sur la fabrication des tartans.

Ornant un renfoncement, une superbe pendule. Le balancier ne bougeait pas, les aiguilles s'étaient arrêtées sur une heure et cinq minutes.

— Elle est en panne ? interrogea Higgins.

— C'est la plus ancienne pendule d'Écosse, répondit Kathrin. Elle ne s'est arrêtée que deux fois : lors de la rédaction par les Anglais, en 1747, d'un Acte de désarmement, interdisant aux soldats écossais de porter le kilt ; et la nuit où mon mari est mort.

Kathrin Mac Gordon demeura sur le seuil du bureau, comme pétrifiée. Higgins examina chaque objet, chaque recoin, sans se presser. Le décor ressemblait au caractère de Duncan Mac Gordon : solide, austère, chaleureux, enraciné dans le passé de l'Écosse et du clan.

— A-t-on déplacé quelque chose ?

— Pas à ma connaissance, répondit Kathrin ; nous avons seulement transporté le corps de mon mari dans sa chambre.

— Quelle était sa position exacte ? insista Higgins.

Kathrin Mac Gordon s'approcha de la table de travail.

— Eh bien…

L'ex-inspecteur-chef perçut son hésitation.

— Donnez-moi vos indications, je vais prendre la place de votre mari.

Higgins s'assit dans le majestueux fauteuil du maître du clan, beaucoup trop large pour lui ; il se leva et s'affala sur la table de travail. Il fallut trois tentatives, conformément aux instructions de Kathrin, pour que la posture fût satisfaisante à ses yeux. Il retirait au moins une certitude de son expérience : Duncan Mac Gordon avait bien tenté de mourir debout et ne s'était pas effondré alors qu'il était assis. Peut-être avait-il voulu retenir son assassin.

– Le visage et le corps de votre mari portaient-ils des traces de coups ?

– Non. Notre médecin, mon frère Michael Scinner, pourra vous le confirmer.

– Il n'y avait aucun autre document sur cette table ?

– Non, je ne crois pas.

Higgins s'assit à nouveau à la place de Duncan Mac Gordon.

– Ne croyez-vous pas que votre mari aurait laissé une lettre pour expliquer son geste, s'il s'était suicidé ?

Kathrin fut outrée.

– Duncan, se suicider ! Jamais il n'aurait pensé…

Higgins ouvrit le sous-main en cuir aux armes du clan. Lui aussi excluait cette thèse, de même que celle de la crise cardiaque, bien qu'il manquât encore de preuves pour affirmer que son ami avait bien été assassiné. Pourtant, Duncan Mac Gordon n'était pas homme à quitter cette vie à la sauvette.

Sur le buvard, à l'intérieur du sous-main, Higgins remarqua des traces intéressantes. Duncan Mac Gordon écrivait avec une plume d'oie familiale et appuyait fort sur le papier. Il restait une sorte de double de l'original de son dernier écrit, imprimé dans le buvard : une liste de prénoms qu'on parvenait à déchiffrer.

Alice, Andrew, Mark, Jennifer, Kathrin, Peter, Barbara, Michael, David.

Une croix à côté des cinq premiers prénoms. Higgins recopia soigneusement la liste sur son carnet noir.

– Vous avez trouvé quelque chose ? demanda Kathrin, intriguée.

– Peut-être, répondit Higgins qui examinait le flacon et le verre ; c'est du whisky, je présume ?

23

— Bien entendu, inspecteur : la cuvée spéciale Mac Gordon. Duncan en buvait un petit verre chaque soir avant de dormir. C'était son unique remède et son élixir de jouvence.

Higgins aurait bien goûté cette cuvée exceptionnelle, la plus réputée de toute l'Écosse. Préparée à base d'orge fermentée, son secret résidait dans la qualité particulière de l'eau et la combustion de la tourbe au sein de la distillerie. C'est en pensant à la douce saveur du liquide ambré que l'ex-inspecteur-chef eut une intuition.

— Puis-je utiliser votre téléphone ?

— Il est malheureusement en dérangement depuis deux jours ; et ici les portables ne fonctionnent pas.

— Ah… je comprends pourquoi je n'ai pas réussi à vous obtenir avant mon départ.

— Peut-être serait-il temps de dîner, inspecteur ? Vous aimeriez sans doute voir votre chambre et y déposer vos bagages ?

— Une simple collation me suffira, je vous remercie. Avant d'aller me coucher, j'irai téléphoner au village. Un appel très urgent.

— Cela ne peut pas attendre demain matin ?

— Hélas ! non.

Kathrin Mac Gordon semblait ennuyée.

— Alors, soyez prudent.

— Sortir la nuit serait-il dangereux ?

— Vous connaissez les Écossais : ils croient encore aux fantômes. On dit que le château est hanté par l'un d'eux ; malheureusement, Ivanhoe n'est plus là pour l'éloigner.

— Ivanhoe ?

— Le dernier chien de mon mari ; ils ne se quittaient jamais. Je voulais vous en parler : depuis cette nuit tragique, on ne l'a pas revu. Ivanhoe a disparu, et j'ai comme un sombre pressentiment.

5

Higgins pénétra dans le principal pub de Landonrow, *la Licorne*, vers vingt et une heures ; l'établissement ne fermait qu'à vingt-deux heures. L'ex-inspecteur-chef de Scotland Yard ne commit pas l'erreur de commander « un whisky », ce qui l'aurait immédiatement fait classer dans la catégorie des étrangers indésirables. Il demanda « *a dram* », et on lui versa une mesure de whisky écossais dûment vieilli. Le pub était équipé d'un téléphone mural placé dans un angle de la grande pièce où l'on jouait aux fléchettes. Ce n'était pas l'endroit rêvé pour une conversation discrète, mais il fallait s'en contenter.

Higgins aurait pu, comme les jeunes inspecteurs de Scotland Yard, consulter l'ordinateur central dont l'installation avait coûté une fortune, mais il préférait utiliser d'autres méthodes. Il demanda son collègue et ami le superintendant Scott Marlow qui, comme chaque soir, se trouvait à son bureau malgré l'heure tardive.

– Bonsoir, superintendant. Higgins à l'appareil... Non, d'Écosse... Oui, je me suis déplacé en personne... Exactement, une urgence... J'aurais besoin d'un excellent toxicologue des environs pour demain matin... Envoyez-le-moi au château des Mac Gordon à Landonrow... C'est cela, une expertise, oui, je patiente...

Tous les regards des consommateurs – une quinzaine d'hommes aux visages rugueux – étaient tournés vers Higgins qui leur adressa un pâle sourire pendant que Scott Marlow se renseignait. Le superintendant, lui, était un fanatique de l'ordinateur ; Higgins n'était pas mécontent de lui laisser une trace de son enquête et un début de piste. On n'était jamais trop prudent.

– Oui, superintendant, je suis toujours là... Le spécialiste sera là demain matin à la première heure ? Parfait... Tous mes remerciements.

Higgins paya, but son verre et sortit. Il avait horreur de l'atmosphère confinée des pubs et des conversations d'hommes à moitié ivres tentant de refaire le monde. Heureux de retrouver un air moins chargé de vapeurs d'alcool, Higgins déchanta en voyant se dresser sur sa route un homme d'une soixantaine d'années au visage rougeaud, une carabine en bandoulière. Sa bouche entrouverte laissait apparaître des dents très blanches brillant dans la nuit

– Il paraît que vous avez téléphoné à la police ?

Ou bien l'homme se trouvait parmi les consommateurs, ou bien le service de renseignements de Landonrow fonctionnait à la perfection.

– J'appelais Scotland Yard, en effet, répondit Higgins avec calme.

– Mon nom est Mark Orchard, déclara l'homme avec solennité. En tant que notaire de cette localité, je tiens à la bonne réputation de ses habitants. Je suis au courant de tout, ici, et je ne permettrai pas...

– Vous faites partie du clan Mac Gordon ?

Le sourire crispé de Mark Orchard se figea.

– Comment le savez-vous ?

– Une simple intuition.

Le notaire se fit menaçant.

– Nous n'aimons pas les curieux qui troublent l'ordre public.

– Je partage votre opinion, approuva Higgins.

– En ce cas, je me ferai un plaisir de vous accompagner à la gare la plus proche. Ma voiture nous attend.

– Elle me sera malheureusement inutile, monsieur Orchard. On ne peut monter qu'à pied au château des Mac Gordon où je suis convié à résider.

– Vous…

– J'oubliais de me présenter : inspecteur Higgins, de Scotland Yard. J'avais été invité par mon ami Duncan Mac Gordon. Nous nous reverrons certainement, cher monsieur.

Laissant derrière lui un notaire perplexe et furieux, Higgins entama l'ascension qui, une nouvelle fois, mettrait à l'épreuve son genou.

*
* *

Alice Brown ouvrit à Higgins la porte du château. Visiblement mécontente d'être à nouveau dérangée, elle le conduisit jusqu'au hall d'accueil. Higgins avait de plus en plus froid ; la fatigue du voyage, l'émotion, le climat étrange imprégnant la bâtisse…

– J'ai porté vos bagages à la chambre que vous a réservée Mme Mac Gordon, indiqua Alice Brown. Madame est couchée ; elle n'a pas eu la force d'attendre votre retour du village. Comme vous n'aviez pas précisé d'heure…

– Auriez-vous l'amabilité de m'indiquer l'emplacement de cette chambre ? pria Higgins.

– Suivez-moi.

Higgins se demanda si l'intendante du château avait souri au moins une fois durant son existence.

Ils traversèrent la grande galerie, montèrent au premier étage, laissant sur leur gauche l'aile où se trouvait le bureau de Duncan, passèrent devant plusieurs portes, dont celles des chambres des époux Mac Gordon, et s'enfoncèrent dans un très étroit couloir qui se terminait en cul-de-sac par un panneau de bois sculpté représentant une scène de chasse au cœur des Highlands. L'intendante poussa le panneau qui, en réalité, était la porte d'une vaste chambre réservée aux hôtes de marque.

— Bonne nuit, grinça Alice Brown, pressée de disparaître.

— Un instant, exigea Higgins. Qui habite au château en ce moment ?

— Mme Mac Gordon, le neveu du défunt, Andrew Wallis, et moi-même. Excusez-moi, j'ai encore du travail. Je suis toute seule pour tout faire et la maison est vaste.

L'intendante s'éclipsa.

Higgins découvrit le domaine qui lui était attribué. Les murs étaient ornés de tapisseries dites « bruxelloises », fort prisées par les châtelains écossais. Elles évoquaient des paysages d'automne où folâtraient biches et cerfs. Au-dessus d'une cheminée de granit, une panoplie de pistolets écossais du XVIe siècle. Un lit de chêne massif, une grande armoire du même bois, une commode en noyer à cinq tiroirs, un bureau haute époque, quatre fauteuils de style écossais archaïque et une table de nuit formaient un mobilier d'une noblesse certaine. Duncan Mac Gordon savait inviter.

Régnait un calme profond, un peu oppressant. Deux ouvertures : des fenêtres à meneaux, ornées de vitraux plutôt opaques. La partie basse de l'un d'eux, brisée, avait été mal réparée ; on s'était contenté d'insérer du verre ordinaire, ce qui permit à Higgins de découvrir la grande cour du château et une cour annexe où s'élevait une masse sombre, une sorte de tumulus. Sans doute l'une de ces tombes celtiques dont l'Écosse conservait quelques exemplaires magnifiques.

L'ex-inspecteur-chef posa sur la table de nuit carnet noir et crayon ; il consulta ses notes. Ces investigations préliminaires posaient déjà une multitude de questions ; trop tôt pour envisager des réponses sérieuses. Higgins travaillait sans opinions préconçues, comme les vieux alchimistes, entassait des matériaux dans l'athanor, le fourneau de la réflexion, et attendait que la pierre philosophale, la solution de l'énigme, naisse d'elle-même. Le feu qui alimentait l'Œuvre, c'était son désir de ne pas abandonner son ami Mac Gordon à un sort injuste. Il était persuadé que son âme lui viendrait en aide ; et comme Higgins était aussi patient que persévérant, si crime il y avait eu, ce dernier ne resterait pas impuni.

Après s'être énergiquement brossé les dents avec un dentifrice aux algues, il sortit du cabinet de toilette jouxtant la chambre, puis rangea ses vêtements dans l'armoire, prenant grand soin des plis de ses pantalons. Puis il enfila un pyjama bleu nuit et une robe de chambre en soie d'un rouge profond. Deux des plus belles pièces de la collection de Harborow, dans New Bond Street, qu'aucun autre faiseur n'avait réussi à égaler. À l'emplacement du cœur, à l'intérieur de la robe de chambre, un écusson très discret aux armes des Higgins dont la lignée, selon certains spécialistes de la Société Royale d'Histoire, remontait au roi Arthur.

Higgins tâta les draps, les couvertures, vérifia leur état de propreté et ne décela rien de suspect. Alice Brown ne suscitait guère la sympathie mais remplissait ses fonctions avec une compétence certaine. Au-dehors, une chouette hulula ;

il aimait cet oiseau de nuit, symbole de l'intelligence et de la méditation.

En tentant de s'assoupir, l'ex-inspecteur-chef se remémora les heures joyeuses vécues en compagnie de Duncan Mac Gordon ; l'amitié était un trésor rare qu'il fallait préserver au-delà de la mort.

6

Un grincement horrible, tel le va-et-vient d'une scie qui découpe des os. Higgins se réveilla en sursaut, se dressant dans son lit. Il alluma, regarda.

Personne. Il se leva, revêtit sa robe de chambre, ouvrit la porte. Personne dans le couloir. Il consulta son oignon de voyage : trois heures du matin.

La pièce était glaciale. L'ex-inspecteur-chef remit deux bûches dans la cheminée et s'assit dans un fauteuil, pensif. Il était certain de ne pas avoir rêvé. Le bruit atroce qui l'avait arraché au sommeil s'était bien produit à l'intérieur de cette chambre ; il fallait donc procéder avec ordre et méthode pour élucider le mystère. Avec une lenteur calculée, et non sans méfiance, Higgins examina un à un les éléments du mobilier et constata que la porte de la grande armoire était restée entrouverte. Or, il l'avait dûment fermée à clef après avoir rangé ses vêtements et disposé d'indispensables boules de naphtaline pour lutter contre les mites écossaises. Que s'était-il passé ? Une rigoureuse déduction indiquait que la porte s'était entrouverte d'elle-même… Mais cela impliquait la présence d'un fantôme, ce qu'un homme rompu à la discipline exigeante de Scotland Yard pouvait difficilement admettre.

Higgins jugea inutile de se recoucher, car il ne retrouverait pas le sommeil. Il referma l'armoire et s'installa près d'une fenêtre, gardant un œil sur le meuble suspect et un autre sur la cour du château. Le fantôme n'existait pas, soit, mais s'il revenait, l'ex-inspecteur-chef ne manquerait pas de l'interpeller.

Un quart d'heure plus tard, environ, il aperçut une ombre dans un rayon de lune ; délaissant l'armoire, Higgins concentra son attention sur la silhouette furtive qui prenait la direction de la petite cour du château, celle du tumulus. Impossible de discerner s'il s'agissait d'un homme ou d'une femme. Un nuage voila la lune, cachant les agissements du promeneur nocturne qui semblait chargé d'un lourd fardeau. Illusion ou réalité ? Higgins décida d'aller voir sur place.

S'emmitouflant dans son imperméable qu'il passa par-dessus sa robe de chambre, il parcourut l'étroit couloir, plongé dans la plus totale obscurité. Alice Brown avait soufflé les bougies des chandeliers muraux. Situant de mémoire l'escalier menant au rez-de-chaussée, Higgins avança à pas comptés. Alors qu'il progressait sans embûches, il fut soudain attiré par une lueur vacillante et entendit une voix masculine, assez vulgaire et très tremblante.

– Ouvre, Duncan, bon Dieu… ouvre, c'est moi Wallis… Je sais que t'es là…

Higgins découvrit, devant la porte de la chambre de Duncan Mac Gordon, un jeune homme à genoux, une bougie dans la main gauche et une bouteille de whisky dans la droite. Plutôt fluet, des cheveux longs, blonds et mal peignés, un gros nez, des lèvres molles, vêtu d'un pull-over marron et d'un pantalon gris, il dodelinait de la tête comme un boxeur groggy.

– T'es pas mort, Duncan, tu peux pas être mort…
Ouvre, j'ai besoin de toi… Ouvre, ou je défonce la porte !

Avant de mettre sa menace à exécution, le jeune homme
but au goulot une longue rasade de whisky provenant de
la distillerie Mac Gordon. Kathrin apparut sur le seuil de
sa chambre, en chemise de nuit, le regard inquiet.

– Andrew ! s'exclama-t-elle en découvrant le perturba-
teur. Dans quel état, encore !

– Fous-moi la paix ! protesta-t-il.

Voulant se mettre debout, il chuta lourdement en arrière,
laissant tomber la bougie mais tenant ferme la bouteille.

– Je m'en occupe, intervint Higgins.

– Vous êtes là, inspecteur, s'étonna Kathrin Mac Gordon. C'est Andrew Wallis, le neveu de mon mari ; il habite
au château.

– Recouchez-vous, recommanda Higgins, paternel ; je
vais reconduire ce jeune homme à son logement. Nous
avons tous besoin de repos.

Elle sembla hésiter.

– Comme vous voudrez.

Kathrin Mac Gordon referma sa porte. Andrew Wallis
ne parvenant pas à se relever, Higgins lui tendit la main.

– Je veux pas qu'on m'aide ! Je veux voir Duncan…

– Mon ami Duncan Mac Gordon avait horreur des
ivrognes, répondit Higgins. Je vous remets debout et vous
demande de m'indiquer le chemin de votre chambre.

Une lueur de compréhension perça la brume dans
laquelle se noyait l'esprit d'Andrew Wallis.

– Vous êtes qui, vous ? Un ami de Duncan ?

– Nous étions ensemble à Cambridge.

– Ah ? Pour quoi faire ?

Prenant le jeune homme par surprise, il le redressa ;
Andrew Wallis avait une constitution fragile. Il devait absor-

ber nettement plus de liquide que de solide et serrait sa bouteille comme une bouée de sauvetage. Mécaniquement, il fit quelques pas puis s'arrêta net.

— Comment... comment vous vous appelez ?

— Higgins.

— Connais pas. Vous faites partie du clan ? interrogea Andrew Wallis, subitement furieux, levant sa bouteille comme une matraque, prêt à frapper.

— Non.

— Ah... Alors, ça va.

La hargne du jeune homme retomba aussi vite qu'elle s'était levée. Il reprit sa progression hésitante, s'appuyant sur Higgins.

— Moi non plus, je ne fais pas vraiment partie du clan... Pas complètement... Duncan, lui, il m'aimait bien, mais les autres... Tous des ordures ! Un jour, je dirai tout... Ils s'en doutent pas, ils croient que j'oserai pas, mais je parlerai, et alors...

Andrew Wallis partit d'un rire homérique qui secoua sa frêle poitrine et faillit souffler la bougie que tenait Higgins. Tel un animal qui connaît d'instinct le chemin menant à sa tanière, le jeune homme grimpa l'escalier menant vers les combles du château. Il trébucha plusieurs fois, Higgins l'empêcha de tomber.

— Ils m'ont mis au rebut, mais je leur ferai payer ça... Duncan, il m'aidera... Lui, il me comprend, il sait pourquoi j'ai abandonné mes études de notaire, il m'en veut pas... Un raté, qu'ils disent... Ils verront, quand ils n'auront plus un sou, ils verront ! Bon Dieu, ce que j'ai sommeil...

La chambre d'Andrew Wallis, située sous le chemin de ronde, était dans le plus grand désordre. Pantalons, chemises, sous-vêtements gisaient, épars ; l'armoire était remplie de livres, uniquement des pièces de théâtre, la plupart de Shakespeare. Aux murs, des affiches provenant de théâtres d'Édimbourg. Sur l'une d'elles, annonçant les représentations de *Mesure pour mesure*, le visage et le nom d'un des comédiens avaient été découpés.

— Moi, j'ai du talent, et ça les fait crever de rage, gémit Andrew Wallis. Ils se méfient pas de moi, ils croient que je suis inoffensif…

Higgins déblaya le lit du jeune homme, encombré de bouteilles vides, de revues théâtrales et de photographies d'actrices, afin qu'il puisse s'y étendre.

— Vous allez vous reposer et dormir, recommanda-t-il.

— Dormir, dormir comme Duncan, dit Andrew Wallis en s'allongeant. Ne plus jamais les voir…

Soudain, il se redressa, agrippa l'ex-inspecteur-chef par les revers de son imperméable.

— Mais il n'est pas mort, Duncan, hein ! Dites-le-moi, vous, dites-le-moi qu'il n'est pas mort !

— Nous verrons tout cela demain, répondit Higgins en se dégageant ; si nous voulons découvrir la vérité, vous et moi, nous devons reprendre des forces.

Andrew Wallis s'étendit à nouveau, les yeux au ciel.

— La vérité, ce serait tellement bien… la vérité…

Le jeune homme dirigea vers sa bouche le goulot de la bouteille qu'il n'avait pas lâchée, mais ne termina pas son geste, s'endormant comme une masse. Il commença aussitôt à ronfler.

Higgins examina la chambre en détail, prenant des notes sur son carnet noir qu'il n'avait pas oublié de glisser dans l'une des poches de sa robe de chambre. Son travail terminé, il prit la bougie et regagna son propre lit. Inutile de descendre dans la cour ; le promeneur nocturne avait eu suffisamment de temps pour disparaître.

Quelques minutes après le départ du policier, une ombre habituée à l'obscurité pénétra dans la chambre d'Andrew Wallis et s'immobilisa au pied de son lit, contemplant le jeune homme endormi et murmurant avec dédain : « Mon pauvre Andrew ! Un jour, tu seras incapable de garder ta langue, et alors… »

*

*   *

Higgins inspecta d'abord son armoire dont la porte ne s'était pas rouverte ; soulagé, l'inspecteur-chef s'assit à nouveau dans le fauteuil qu'il avait installé près de la fenêtre. Il n'avait plus la moindre envie de dormir et relut les paroles d'Andrew Wallis qu'il avait notées sur son carnet. Si les Latins avaient eu raison de créer le proverbe « *In vino veritas*[1] », les Écossais n'avaient peut-être rien à leur envier avec le whisky.

---

1. La vérité est dans le vin.

7

La demie de huit heures n'avait pas encore sonné aux pendules du château lorsque Kathrin Mac Gordon secoua le bras droit de Higgins, assoupi sur son fauteuil.

– Inspecteur ! Inspecteur ! Réveillez-vous, je vous en prie !

Higgins ouvrit les yeux.

– Inspecteur, venez vite, vite…

Kathrin Mac Gordon, en robe de chambre à l'épais lainage, paraissait affolée, hors d'elle-même.

– Qu'est-il arrivé, madame ?

– Une deuxième mort tragique, inspecteur ! C'est horrible…

Higgins se leva, rouillé.

– Quelle est l'identité du défunt ?

– Ivanhoe.

Mal réveillé, Higgins pensa que le héros du grand romancier écossais Walter Scott était porté disparu depuis un certain temps.

– Le chien de mon mari, précisa Kathrin Mac Gordon.

– Où l'a-t-on retrouvé ?

– À l'intérieur du cairn, le tumulus funéraire dressé dans la petite cour du château.

Higgins revit la silhouette du promeneur nocturne portant un fardeau.

— Ivanhoe était-il un gros chien ?

— Un berger écossais, pesant près de quarante kilos et ne se laissant approcher par personne d'autre que par mon mari.

— Qui l'a découvert ?

— Moi-même.

— À cette heure-ci ?

— Je trouve difficilement le sommeil, inspecteur ; à l'aube, je me suis habillée et me suis promenée dans ce domaine que Duncan aimait tant. Je n'arrive pas à croire à sa mort ! J'étais presque sûre de le trouver dehors, en train de couper du bois ou de jouer avec son chien. Je suis entrée d'instinct dans le tumulus, là où sont établies les tombes des chefs du clan Mac Gordon… et j'ai vu Ivanhoe.

— Vous n'avez touché à rien ?

— Non, je suis venue ici aussitôt afin de vous alerter. Pour moi, c'est le signe que Duncan est vraiment mort… Son chien l'a rejoint de l'autre côté.

— Vous n'avez parlé à personne de cette triste découverte ?

— Non.

— Nous irons tous les deux sur place sitôt que j'aurai fait un brin de toilette et repris des forces.

— Je vous fais préparer un petit déjeuner. Cela ne vous dérange pas de le prendre à la cuisine, au rez-de-chaussée ? Pardonnez-moi, mais les circonstances…

— J'apprécie votre hospitalité et ne me considère pas ici en villégiature. Si vous pouviez simplement me faire monter quelques bûches…

— Je m'en occupe, inspecteur.

*

* *

Lavé, rasé, parfumé et chaudement vêtu pour affronter une journée qui s'annonçait rude, Higgins franchit le seuil de la grande cuisine du rez-de-chaussée où officiait Alice Brown, parée d'un tablier blanc ; elle s'activait devant une cuisinière à bois.

– Je vous ai préparé un café et des œufs au bacon, annonça l'intendante, omettant le « bonjour » le plus élémentaire. Vous avez été long à descendre ; ça risque d'être froid.

Higgins se contenta de ce qu'on lui offrait et rejoignit Kathrin Mac Gordon dans la petite cour du château, près du cairn.

Le tumulus funéraire était impressionnant. Duncan Mac Gordon lui avait laissé son aspect primitif : une architecture de blocs géants formant un quadrilatère recouvert de mousses et d'herbes, et une porte basse pour pénétrer à l'intérieur. Un vent glacial soufflait en rafales. Kathrin Mac Gordon ne portait pas de manteau et se tenait à quelque distance de l'entrée.

Higgins la précéda, sentant sa gêne et son hésitation ; il baissa la tête afin de se glisser à l'intérieur du cairn. La pente descendait vers une grande pièce aux murs formés de pierres celtiques et au sol de terre battue. Là étaient creusées des tombes, dont deux étaient ouvertes ; dans la première, la plus vaste, Ivanhoe dormait de son dernier sommeil.

Higgins y descendit, attristé par la mort de ce magnifique chien roux, puissant, tout en muscles. En compagnie de son maître, ils devaient former un couple de colosses sans égal. L'ex-inspecteur-chef remarqua la bave verte qui avait coulé de la gueule du chien, collée à ses poils et à son museau.

Higgins caressa la tête du superbe animal, en guise d'adieu. Ce crime-là non plus ne resterait pas impuni.

39

L'ex-inspecteur-chef retrouva l'air libre avec satisfaction ; il régnait dans le cairn une atmosphère étouffante. Kathrin Mac Gordon n'avait pas bougé d'un pouce. Ce fut à cet instant que Higgins perçut le mystère de cette femme : sereine, insensible au froid et au vent, indomptable, elle connaissait forcément les règles du jeu pratiqué par le clan. Quand, bien plus tard, Higgins se remémora le chemin qui l'avait conduit jusqu'au secret des Mac Gordon, il sut que cette vision fugace de l'épouse de feu Duncan lui avait procuré la clef de l'énigme.

— Pourquoi deux tombeaux ouverts ? demanda-t-il.

— Ceux que Duncan avait fait préparer pour lui et pour moi. Je dois vous avouer, inspecteur, que cela avait déclenché une certaine réprobation de la part des membres du clan. Ils estimaient que je n'avais pas ma place dans le cairn.

— Duncan pensait si intensément à la mort ?

— Oh non ! Préparer sa propre tombe était un acte rituel accompli depuis bien longtemps, dès qu'il avait été investi de la souveraineté du clan, au décès de son père.

— Qui nourrissait Ivanhoe ?

— Duncan lui-même. Je vous l'ai dit, il était seul à pouvoir approcher son chien.

— Il préparait lui-même la nourriture ?

— Il m'arrivait de m'en occuper, de même qu'à Alice Brown.

Le dialogue fut interrompu par une série de coups de cloche énergiques ; Kathrin Mac Gordon parut surprise.

— Je vais ouvrir, si vous me le permettez, dit Higgins ; probablement quelqu'un que j'attendais.

Il passa de la petite à la grande cour, marcha d'un pas tranquille dans l'allée centrale, pendant que le sonneur de cloche s'impatientait. L'ex-inspecteur-chef abaissa le trappon du portail et découvrit le visage du visiteur, un homme d'une cinquantaine d'années, vêtu d'un duffle-coat et coiffé d'un bonnet de fourrure. Il tenait une grosse sacoche noire de la main gauche.

— On m'a convoqué pour une expertise. Vous êtes l'inspecteur Higgins ?

— En effet, répondit ce dernier, jouant le rôle de maître de maison ; je vous précède.

Higgins ouvrit le portail, fit entrer l'expert dans le domaine des Mac Gordon et le conduisit jusqu'au cairn. L'homme était de nature bourrue et n'avait nulle envie de soutenir une conversation. Higgins remercia en pensée le superintendant Marlow d'être intervenu rapidement auprès du laboratoire d'Édimbourg.

— Nous devons pénétrer à l'intérieur, précisa Higgins devant le cairn.

Kathrin Mac Gordon avait disparu. Le spécialiste suivit Higgins ; le tombeau ne l'impressionnait pas.

— Qui dois-je examiner ?

— Le chien, indiqua Higgins. De la bave a coulé de sa gueule ; une analyse est indispensable.

Le spécialiste posa sa sacoche noire sur le sol, l'ouvrit et en sortit des plaquettes de verre. Il se pencha sur le cadavre d'Ivanhoe et préleva un peu de bave avec une pipette pour en imprégner des plaquettes, puis introduisit ces dernières dans un coffret stérile.

— C'est tout ? Vous m'avez dérangé pour un chien ?

— J'ai encore besoin de vos services.

Dans le bureau de Duncan Mac Gordon, le spécialiste procéda à de nouveaux prélèvements : un peu de whisky contenu dans le flacon, des dépôts indéterminés sur le fond et les parois du verre réservé au maître du clan.

— Quand pensez-vous pouvoir me donner des résultats ?

– Dès que je les aurai obtenus moi-même, grogna le toxicologue ; ça peut être long, ça peut être court. On ne sait jamais à l'avance. Je m'y mets dare-dare.

– Appelez-moi à *la Licorne*, pria Higgins.

Tandis que le spécialiste quittait le château, Higgins frappait à la porte de Kathrin Mac Gordon.

– Entrez, dit une voix lasse.

L'épouse de feu Duncan était assise devant la cheminée. Son esprit errait à travers ses souvenirs.

– Pardonnez-moi de vous importuner, madame, mais j'aimerais beaucoup rencontrer mon collègue.

– Votre collègue ?

– Oui, l'officier de police local que vous avez mandé pour le constat de décès.

– David Multon, le brigadier… Vous le trouverez au poste de police, sur la place du marché.

– Brigadier ?

– David Multon a été nommé grâce à une intervention de Duncan, mais la brigade n'existe pas. Il est le seul policier de Landonrow.

– Il est membre du clan, je crois ?

– En effet.

– Je vous laisse, madame.

– Serez-vous des nôtres pour déjeuner, inspecteur ?

– J'en serais honoré.

– Alice Brown est assez pointilleuse sur les horaires et déteste faire la cuisine. Pourriez-vous être de retour avant midi trente ?

– Je m'y emploierai.

Higgins passa par sa chambre pour absorber quelques granules d'*Influenza*. Il en avait la certitude : le refroidissement le guettait, dans ce château au chauffage incertain.

C'est en ouvrant la porte de l'armoire, pour y prendre sa trousse médicale, qu'il constata un bien désagréable phénomène.

Ses effets personnels avaient été fouillés pendant son absence.

Higgins n'avait pas besoin de gadgets électroniques ou de cheveux collés sur une serrure pour s'en apercevoir. Les plis de ses pantalons étaient des témoins infaillibles ; le visiteur indélicat les avait déplacés et légèrement froissés.

En descendant vers le village de Landonrow, Higgins sentit que cette enquête ne s'annonçait pas des plus faciles.

8

Le poste de police était fermé. Un vieil Écossais fumant sa pipe demanda à Higgins s'il cherchait quelqu'un.

— J'aimerais m'entretenir avec le brigadier Multon.

Le vieux tira sur sa bouffarde.

— Vous êtes l'inspecteur de Scotland Yard ? Entre collègues, forcément, on aime discuter de morts suspectes.

— Vous vous avancez beaucoup.

— Allons donc ! dit le vieux, soulignant ses propos d'un œil malicieux. Vous n'êtes quand même pas en vacances… Le brigadier Multon est à la pêche, comme tous les matins. Allez jusqu'au bout du village, suivez le sentier, derrière les trois chênes, et descendez jusqu'à la rivière. Vous trouverez votre collègue dans ce coin-là.

Higgins remercia et emprunta le trajet indiqué. La rivière était d'un bleu clair, très pur ; couverte d'une végétation fauve et vert sombre, la rive s'inclinait en pente raide vers des eaux tumultueuses. Il y avait de petits tourbillons, des rochers affleuraient en de multiples coudes.

Comment ne pas songer à l'*Ode écossaise* de l'immense poétesse Harriett J. B. Harrenlittlewoodrof, promise au prix Nobel de littérature :

Landes sauvages aux parfums de pluie,
Nuages aux pensées secrètes,
Vents d'horizons à jamais enfuis,
Vous façonnez les chemins du ciel et de la terre.

Higgins aperçut un pêcheur, tout près d'un pont de pierre ; coiffé d'un chapeau en forme de cloche, vêtu d'un imperméable et chaussé de hautes bottes vertes montant jusqu'à mi-cuisse, il tenait à bout de bras une longue canne à pêche. Higgins fut contraint de s'approcher, mouillant l'une de ses chaussures.

Le pêcheur l'aperçut, ramena sa ligne et lui fit face. Higgins examina la mouche au passage.

— Une Jack Scott, apprécia-t-il ; classique pour la truite.

— J'utilise aussi des Silver Doctor et des Dunkeld Tube, précisa le pêcheur ; vous pratiquez en rivière ?

— Très peu, avoua Higgins. Ce paysage est une merveille, et je comprends la passion qui vous arrache au devoir souvent pénible d'un policier. Brigadier David Multon, je présume ? Mon nom est Higgins, de Scotland Yard, et grand ami de feu Duncan Mac Gordon.

— Ah… On ne m'avait pas prévenu.

« Un policier qui commence par mentir, pensa Higgins, voilà qui fait mauvais genre. »

David Multon, de fait, n'était pas d'un abord accueillant ; il avait un visage pincé, des lèvres étroites, le nez pointu, de grandes oreilles décollées, de tout petits yeux, et ressemblait à une fouine. Un tic lui faisait fréquemment fermer la paupière de l'œil droit, à grande vitesse, quatre ou cinq fois de suite.

— Mme Mac Gordon m'a offert l'hospitalité, continua Higgins, et j'apprécie beaucoup Landonrow ; c'est un village charmant. Le notaire Orchard avait donc omis de vous prévenir de mon arrivée ?

David Multon marmonna une réponse incompréhensible, absorbé par le démontage de sa canne à pêche.

— Désolé de troubler vos activités, brigadier ; j'aimerais cependant vous consulter à propos de cette affreuse nuit. Rien ne vaut l'œil d'un professionnel en pareilles circonstances.

— Je suis arrivé trop tard, Duncan était déjà mort. J'ai constaté le décès, c'est tout.

— Attention ! prévint Higgins, vous allez perdre votre mouche !

Grâce à un réflexe d'une grande efficacité, le brigadier David Multon empêcha sa Jack Scott de tomber à terre.

— Vous n'avez vraiment rien remarqué d'anormal, au château ?

— Rien. Tout était comme d'habitude.

— Sauf ce pauvre Duncan Mac Gordon, observa Higgins. Son épouse vous a donc réveillé pour vous prévenir du drame ?

— C'est ça. Je dormais, chez moi.

— Qui avez-vous trouvé, en arrivant au château ?

— Eh bien, réfléchit le brigadier David Multon, il y avait... Kathrin, Michael Scinner, le médecin du clan, et Alice Brown, l'intendante.

— Andrew Wallis n'était pas présent ?

Le brigadier haussa les épaules, une expression d'écœurement enlaidit son visage.

— Encore en train de cuver une cuite, probablement... Ce garçon est un ivrogne, un dépravé. Nous n'avons jamais considéré qu'il appartenait au clan. Duncan le protégeait, Dieu sait pourquoi.

– Kathrin Mac Gordon vous a-t-elle paru très éprouvée ?

– Kathrin ? Je n'ai pas fait attention… Non, elle semblait normale. Plus gênée qu'éprouvée… C'est une femme de tête, vous savez ! Elle ne perd pas facilement le contrôle d'elle-même.

Higgins regarda la rivière dont le bleu limpide le ravissait. Il vit une truite contourner un rocher, faire un bond joyeux et disparaître dans le flot.

– Cela m'ennuie de vous demander cela, brigadier… Auriez-vous un témoin confirmant que vous étiez chez vous, cette nuit-là ?

Le visage du policier ressembla encore davantage à celui d'une fouine.

– Un témoin… un témoin comment ?

– La nuit où Duncan Mac Gordon est mort, vous dormiez seul ?

– Mais bien sûr que non ! s'indigna Multon. Ma femme Barbara était à mes côtés, comme chaque nuit !

– Merci de cette précision.

– Que signifiait cette question ? s'angoissa le brigadier. Vous me soupçonniez de quelque chose ? Et de quoi, d'abord ? Duncan Mac Gordon est décédé de mort naturelle, l'expertise médicale l'a prouvé !

Higgins croisa les mains derrière le dos. Il perçut le reflet argenté d'une autre truite, au cœur des remous ; les fines gouttes d'eau, soulevées comme le drapé d'une robe, scintillaient dans la lumière.

– Expertise est un bien grand mot, brigadier ; disons simplement : un avis médical.

David Multon rangea son matériel de pêche dans un sac imperméable qu'il portait à l'épaule.

– Vous ne pensez quand même pas que…

— Que Duncan Mac Gordon a été assassiné ? J'ai reçu une lettre de mon ami Duncan qui m'incline malheureusement vers cette solution tragique.

Higgins montra à son collègue les derniers mots écrits de la main de Mac Gordon. Le brigadier David Multon parut outré.

— C'est un faux !

— Cet appel au secours provient bien de Duncan et je suis arrivé trop tard, hélas ! À propos, pourriez-vous m'indiquer l'endroit où je trouverai le médecin du clan, Michael Scinner ?

— Vous… vous…

— Ne vous tourmentez pas, le réconforta Higgins ; il est normal que j'interroge tous ceux qui étaient proches de mon ami défunt. À ma place, vous auriez agi de même, n'est-ce pas ?

— À cette heure-ci, Michael Scinner doit être chez lui ; c'est sur la place principale, à côté de la prison. Il y a la date de la construction de la maison, sur la façade : 1715.

— À bientôt, mon cher collègue, et merci encore pour vos précieuses indications.

Higgins refit le trajet en sens inverse et aboutit sur la place principale de Landonrow. Il identifia aisément la maison du médecin et sonna à la porte d'entrée.

— Michael Scinner est absent, dit une voix derrière lui.

Le vieil Écossais à la pipe considérait Higgins d'un air goguenard.

— Si j'étais vous, je retournerais au château. Je l'ai vu monter, il doit soigner la châtelaine.

9

Higgins sonna au portail. Alice Brown lui ouvrit.

— Le docteur Scinner est-il au château ? demanda-t-il.

— Madame le consulte.

L'ex-inspecteur-chef se rendit à la chambre de l'héritière du clan, frappa et entra.

Kathrin Mac Gordon était assise, face à la cheminée de sa chambre ; le docteur Michael Scinner, qui compulsait une liasse de papiers fit face à l'intrus.

— Je suis en consultation et je vous prie de sortir immédiatement !

— Vous pouvez rester, inspecteur Higgins, dit Kathrin Mac Gordon d'une voix douce et ferme.

Le docteur Scinner dévisagea sa sœur avec étonnement mais ne protesta pas. Depuis la mort de Duncan, elle héritait, au moins pour un temps, de la position de chef de clan. Ses décisions étaient sans appel.

Michael Scinner portait un béret bleu d'où pendait une bande de tissu rouge. Ce couvre-chef couronnait un visage ingrat, épais, grêlé, aux sourcils fournis et au nez marqué de plaques violettes.

— Pardonnez-moi de vous importuner, dit Higgins, mais j'aurais aimé poser quelques questions au docteur sur le décès de mon ami Duncan.

— Duncan faisait partie de ces colosses qui ne souffrent jamais du plus petit rhume, et puis un beau jour, pffft !

Le docteur Scinner s'empressa de ranger sa liasse de papiers à l'intérieur d'une valise usée qui semblait lui servir de trousse médicale.

— Vous avez beaucoup de patients, à Landonrow ?

— Suffisamment pour m'occuper.

— Mon frère est d'abord dévoué aux membres du clan, intervint Kathrin. C'est la règle et chacun le comprend fort bien ; mais il n'a jamais refusé un service à quiconque.

— La médecine est un art difficile, dit l'homme du Yard ; il faut sans cesse s'adapter, essayer des méthodes nouvelles. Avez-vous utilisé le dernier stéthoscope à rayons ultrasensibles ?

— Non, inspecteur ; je préfère les instruments traditionnels.

— Comme vous avez raison ! Je parie que cette valise est remplie d'objets indispensables qui ont sauvé des dizaines de vies ! Si j'osais… J'ai toujours rêvé de voir avec quoi travaillait un généraliste consciencieux, loin des progrès illusoires.

L'air bonhomme de Higgins était tout à fait rassurant. Le docteur Scinner ne se laissa pourtant pas séduire.

— Le secret professionnel, inspecteur ! Comme vous, dans la police.

— De quoi est mort Duncan Mac Gordon, d'après vous ?

— Crise cardiaque foudroyante. Il est décédé brutalement, sans souffrir.

— Crise cardiaque de type ventriculaire ou aortique ?

Le docteur Scinner se renfrogna.

— Aortique… Autant qu'on puisse en juger d'après un premier examen.

– Il ne faut jamais se fier aux apparences, docteur ; je ne mets pas votre compétence en doute, mais j'ai demandé une expertise complémentaire avec l'accord de Mme Mac Gordon.

– Une expertise ?

Le sang battait fort dans les veines du cou épais de Michael Scinner. Higgins remarqua que son col de chemise n'était pas impeccable ; l'un des revers de sa veste était taché.

– Je suppose que vous dormiez lorsque Mme Mac Gordon vous a appelé. Votre épouse pourrait sans doute en témoigner ?

– Mon frère est veuf, précisa Kathrin d'une voix sombre.

– Veuillez accepter mes excuses et mes condoléances, dit Higgins, contrit. Ce triste événement…

– Ma femme est morte il y a six ans d'une fluxion de poitrine, expliqua le médecin.

– Vous étiez donc seul, la nuit du décès de Duncan Mac Gordon ?

– En effet, mais…

– Merci de votre collaboration, docteur ; nous nous reverrons sans doute. Je vous laisse examiner votre sœur.

*
* *

Higgins en était sûr, à présent ; il ne serait pas à l'heure pour le déjeuner de midi trente. Le temps de redescendre au village, d'accomplir une tâche urgente, et de remonter au château… Mais il lui fallait agir pendant que le docteur Scinner se trouvait aux côtés de sa sœur.

Higgins atteignit la place principale de Landonrow au moment où le vieil Écossais bourrait une nouvelle pipe.

51

L'ex-inspecteur-chef alla directement vers lui pour obtenir le renseignement dont il avait besoin.

— Où peut-on trouver des médicaments ?

— Vous êtes malade ? s'enquit le vieux, soupçonneux. Pourtant, avec notre bon air... Ce ne sont pas quelques morts bizarres qui devraient vous tourner les humeurs. Enfin, si vous tenez à prendre des drogues... Dirigez-vous vers le pub, tournez à gauche dans la ruelle du bout des champs, allez tout droit pendant une cinquantaine de mètres, dépassez la croix celtique et adressez-vous au propriétaire de la troisième demeure sur votre gauche.

Higgins remercia et suivit les instructions à la lettre. Même si le vieil Écossais était informé des moindres faits et gestes des habitants de Landonrow, il ne révélerait rien et se contenterait de répondre, s'il le désirait, aux questions de Higgins. Il attendait, en fumant sa pipe, avec la patience de ceux qui éprouvent le sentiment de l'éternité parce qu'ils sont enracinés dans une terre ancestrale.

L'ex-inspecteur-chef jugea que son informateur lui avait joué un bien mauvais tour quand il parvint devant la demeure indiquée. Sans aucun doute possible, il s'agissait du presbytère jouxtant l'église calviniste du village ! Un homme d'une cinquantaine d'années, corpulent, cheveux et sourcils blancs, bêchait un jardinet protégé par un muret de pierre. En apercevant Higgins, il interrompit son travail.

— Vous cherchez quelque chose ?

— Je crois m'être égaré. On m'avait indiqué une pharmacie, mais...

— Je suis le pasteur Littlewood, mon fils, et je suis également le pharmacien. C'est moi qui m'occupe du dépôt de médicaments de Landonrow ; je soigne les corps et les âmes.

Le pasteur Peter Littlewood était un être mou, onctueux, à la parole embarrassée. Se déplaçant avec difficulté, il ne rendait guère hommage au symbole de l'Écossais viril, capable de marcher des journées entières à travers les Highlands. Son triple menton soutenait difficilement un visage distendu et relâché.

— Vous êtes donc en relation étroite avec le docteur Michael Scinner ?

— D'une certaine manière, mon fils ; mais pourrais-je savoir…

— Higgins, de Scotland Yard.

— Mon Dieu ! s'inquiéta le pasteur, la police à Landonrow !

— Il y a déjà le brigadier Multon, mon révérend.

— Bien sûr, bien sûr, mais ce n'est pas pareil… Vous venez de l'extérieur !

Les bajoues du pasteur Peter Littlewood s'étaient remplies d'air et ses sourcils se rapprochaient, avec une expression angoissée.

— Je ne fais certes pas partie, comme vous, du clan Mac Gordon, mais j'étais un proche de feu Duncan. Mon but n'est pas d'importuner quiconque dans ce village paisible, mais d'être utile à la mémoire d'un ami très cher.

— Ah bon, se rassura le pasteur ; mais en quoi, moi, puis-je vous être utile ?

Higgins fit quelques pas dans le jardinet, admirant la régularité avec laquelle Peter Littlewood avait bêché son lopin de terre.

— C'est donc vous, mon révérend, qui vendez les médicaments ; le docteur Scinner se fournit-il chez vous ?

— Bien entendu.

— Vous connaissez donc les remèdes qu'il utilisait pour soigner Duncan Mac Gordon ?

– Ce n'est un secret pour personne : de la teinture mère d'arnica pour les coups et un soluté pour les crises de foie.

– Rien d'autre ?

– Duncan Mac Gordon n'était jamais malade. Il commettait quelques abus de whisky à l'occasion de certaines fêtes du clan, mais à part cela…

– Êtes-vous marié, mon révérend ?

– Mon Dieu, non !

– Vous vivez toujours seul au presbytère ?

– Quelques jeunes gens viennent m'aider pour le ménage et m'assistent lors de services religieux ; le reste du temps, je fréquente les membres du clan et je vis en compagnie du Seigneur.

– La nuit de la mort de Duncan Mac Gordon, vous étiez chez vous ?

– Évidemment ! Je n'ai appris la triste nouvelle que dans la matinée.

– N'avez-vous constaté aucune disparition de médicament dans votre pharmacie ?

Le pasteur Littlewood se cramponnait à sa bêche, peinant à suivre le rythme des questions que Higgins posait sans agressivité.

– Une disparition de médicament… Bien sûr que non ! Jamais pareille horreur ne s'est produite ! Ce village vit dans la paix du Seigneur et le respect de la morale.

– Je n'en doute pas une seconde ; pourtant, je vous prie de vérifier. Mme Mac Gordon m'a chargé d'une enquête sur la mort de son mari, et je compte sur votre esprit d'observation.

Le triple menton du pasteur Littlewood s'affaissa.

– Ah, mon fils ! Je me demande chaque jour si notre très cher Duncan n'a pas commis une grave erreur en épousant cette femme, fort estimable, certes, mais…

Le bruit d'une course précipitée attira l'attention des deux hommes. Higgins vit accourir vers lui un gamin d'une dizaine d'années, aux cheveux roux et à la mine délurée.

— M'sieur l'inspecteur, j'ai un message urgent pour vous.

— Je t'écoute, mon garçon.

— Vaudrait mieux payer d'abord… Ce sera dix pennies.

Higgins ne discuta pas la somme qu'il remit au messager.

— Il y a quelqu'un de Scotland Yard qui vous appelle au téléphone. Faudrait que vous veniez tout de suite au pub ; c'est urgent et important, il a dit.

Muni de son salaire, le gamin partit en courant.

— Désolé, mon révérend ; à bientôt.

*
* *

Quand Higgins entra dans le pub à l'enseigne de *la Licorne*, toutes les conversations cessèrent. Le combiné l'attendait sur le comptoir.

Le toxicologue du Yard parla pendant quelques minutes. Higgins écouta avec la plus grande attention, raccrocha, prit des notes sur son carnet noir. Il était le point de mire des consommateurs engoncés dans un épais silence. Le patron du pub essuyait le même verre depuis le début de l'entretien téléphonique.

Quand l'ex-inspecteur-chef franchit la porte de l'estaminet, il entendit distinctement affirmer : « C'était bien un empoisonnement ! »

Une violente averse écossaise inondait la rue principale de Landonrow. Higgins s'engagea sur la chaussée et n'eut pas le temps de traverser. Une Bentley noire fonçait sur lui.

10

La voiture freina dans un jaillissement d'eau, dérapa, évita
de justesse le mur du pub et s'immobilisa.

Une personne excitée jaillit du véhicule. Les cheveux d'un
roux léger, la peau très blanche, d'apparence plutôt virile,
la cinquantaine épanouie, elle était vêtue d'une veste verte
assez austère et d'une jupe écossaise.

— Vous n'êtes pas blessé ? Quelle peur vous m'avez donnée !

— C'est réciproque, chère madame.

— Jennifer Scinner… Je suis la sœur de Kathrin Mac
Gordon et je me rendais au château en compagnie de Barbara Multon, l'épouse du brigadier. Et vous êtes sûrement
l'inspecteur de Scotland Yard dont tout le village parle !
Voulez-vous profiter de la voiture ?

— Ma foi… répondit Higgins, soucieux de ses chaussures
trempées.

Les médecins chinois affirmaient avec raison qu'un être
en bonne santé a le nez froid et les pieds chauds. Or Higgins
commençait à subir l'inquiétante situation inverse.

Il s'installa donc sur l'un des sièges arrière de l'imposante
voiture. Se retourna vers lui une superbe brune à la qua-
rantaine aguichante.

– Très heureuse de vous connaître, avoua Barbara Multon avec un sourire charmeur. Nous avons déjà entendu beaucoup de compliments à votre sujet ; il paraît que vous êtes un type formidable, bourré d'astuces !

D'un geste évasif de la main, Higgins se défendit.

– Barbara, intervint Jennifer Scinner d'un ton sévère tout en démarrant, n'importune pas l'inspecteur Higgins.

Barbara Multon prit un air effarouché, vaguement contrit, qui mit en évidence ses délicieuses fossettes. Elle avait conservé une peau juvénile, et ses cheveux bouclés mettaient en valeur un visage à l'ovale très pur.

– Nous nous rendons au château pour aider Kathrin, expliqua Jennifer Scinner. Entre femmes, c'est bien naturel. Cette pauvre chérie vit une épreuve si terrible…

– Terrible, en effet, commenta Higgins qui se demandait comment le brigadier David Multon avait réussi à séduire une personne aussi sémillante que Barbara.

– C'est affreux, ce qui est arrivé à ce pauvre Duncan, avança-t-elle sans cesser de sourire à Higgins. Lui qui était si costaud, si viril ! Personne ne s'y attendait, vous savez.

Jennifer Scinner tourna brusquement, et les passagers furent projetés contre les portières. La Bentley aborda le chemin de terre, ses roues patinèrent dans la boue.

– Duncan a toujours refusé de faire aménager une route, ragea-t-elle. Avec sa fortune, c'était pourtant facile !

– Quand ouvre-t-on le testament ? demanda Barbara Multon.

– Un peu de décence ! protesta Jennifer Scinner.

– La décence, répliqua la jolie brune, c'est facile quand on possède la moitié de Landonrow, comme vous.

– Taisez-vous, Barbara ! Cette conversation est indigne de nous.

Le ton sec et cassant n'autorisait pas de réplique ; Higgins constata que Jennifer Scinner avait une poigne de fer. C'était une maîtresse-femme, décidée, sûre d'elle-même ; à l'évidence, un rival de Duncan Mac Gordon. La jolie Barbara se vengea de cette remontrance en offrant à Higgins une œillade remplie de sous-entendus et en tirant sur sa jupe de tweed un peu trop courte.

La voiture s'enlisa à une cinquantaine de mètres du château dans une large flaque boueuse.

— Nous sommes obligés de terminer à pied, reconnut Jennifer Scinner dont l'eau de Cologne à bon marché était assez agressive.

— De toute manière, précisa Barbara Multon, Kathrin n'aurait pas laissé pénétrer un véhicule à l'intérieur du château. Duncan l'interdisait formellement ; à ses yeux, ça dégradait la bâtisse.

— Il n'est plus là pour faire respecter ce genre d'interdictions, pesta Jennifer Scinner.

Higgins descendit le premier, enjamba la flaque, puis aida Barbara Multon qui prit volontiers son bras.

— Nous avons un bien vilain temps, inspecteur… Moi qui n'aime que le soleil !

La jolie Barbara souffrait d'un défaut gênant : un parfum coûteux, mais trop capiteux.

Le trio, sous une trombe d'eau, se hâta de grimper jusqu'au portail. L'intendante, Alice Brown, mit quelque temps à leur ouvrir malgré les appels de cloche insistants de Jennifer Scinner. Cette dernière omit de saluer l'intendante et se dirigea droit vers le hall d'accueil, suivie de Higgins et de Barbara Multon.

Dans la pièce aussi vaste que glaciale, Kathrin Mac Gordon, les épaules couvertes d'un châle rouge, les dévisagea.

– J'ai entendu un bruit de moteur et j'ai supposé que c'était vous, Jennifer.

– Je suis venue vous aider, ma chérie, dit cette dernière en embrassant sa sœur assez gauchement. Barbara se met également à votre service. Nous avons pris l'inspecteur en passant.

Kathrin Mac Gordon s'adressa à Higgins, une ombre de reproche dans ses yeux profonds.

– Nous vous avons attendu pour le déjeuner.

– Un cas de force majeure, madame ; j'ai maintenant la preuve que votre mari et mon ami, Duncan Mac Gordon, a été assassiné.

— 11 —

D'imposantes bûches flambaient dans la cheminée de la chambre de Kathrin Mac Gordon. Duncan, d'un seul coup de hache, en fendait une bonne cinquantaine de ce calibre-là chaque jour, pour se maintenir en forme.

Kathrin Mac Gordon, assise dans un fauteuil, fixait les flammes. Higgins était à ses côtés.

– Comment êtes-vous arrivé à cette conclusion, inspecteur ?

– Le rapport d'expertise. Le flacon de whisky ne contenait aucune trace de poison ; en revanche, le fond du verre de Duncan, si. Il s'agissait d'une drogue foudroyante dont une absorption, même en quantité médiocre, entraîne une mort immédiate. Le toxicologue a d'ailleurs établi que le chien de Duncan, Ivanhoe, avait été empoisonné avec cette même drogue. Je vais être contraint de faire pratiquer une autopsie.

Les mots semblaient frapper Kathrin comme des coups de poing. Elle avait exigé de s'entretenir seule à seul avec l'inspecteur Higgins, provoquant un vif mécontentement de la part de Jennifer Scinner et de Barbara Multon. Mais Kathrin était maîtresse du clan par intérim, jusqu'à l'ouverture du testament, et chacun de ses membres était tenu de lui obéir.

L'obscurité envahissait peu à peu la pièce. Les reflets des flammes dansaient sur le visage grave de Kathrin Mac Gordon.

— Un assassin a frappé au cœur du château, poursuivit Higgins. Peut-être frappera-t-il encore ; je vous demanderai d'être vigilante, madame.

— Ma vie ne présente plus qu'un intérêt limité à mes propres yeux, inspecteur. C'est difficile d'être la veuve d'un homme comme Duncan. Il prenait tant de place, ici, une place qui lui était due… Sans lui, ce château est vide, inhabité.

— Je comprends votre peine et je la partage ; Duncan ne sera jamais remplacé. Mais mon devoir est d'identifier son meurtrier et d'épargner d'autres vies. Répondez-moi en toute franchise, madame : vos soupçons se portent-ils sur quelqu'un ?

Kathrin Mac Gordon soupira, comme si un poids énorme pesait sur sa poitrine.

— Sur personne, inspecteur.

— Duncan n'avait donc pas d'ennemis ?

— On le craignait, on l'enviait, on l'admirait… Mais on ne le détestait pas au point de devenir son ennemi. Mon mari était un véritable chef de clan.

— J'ai pourtant eu l'impression que votre sœur, Jennifer Scinner, ne l'aimait pas beaucoup.

— Elle possède des terres, à Landonrow, mais avait fait acte d'allégeance à Duncan pour devenir membre du clan. Elle l'appréciait, au fond, quoique Duncan ne fût pas toujours très patient avec elle.

— Je vous demanderai, madame, de creuser vos souvenirs concernant la nuit du crime.

Kathrin Mac Gordon frissonna en entendant le mot « crime ».

On frappa à la porte, Higgins se leva et alla ouvrir. C'était Alice Brown, l'intendante.

— Maître Orchard est arrivé, inspecteur.

— Je descends.

Utilisant le téléphone du château qui fonctionnait à nouveau, Higgins avait convoqué d'urgence le notaire Mark Orchard. Ce dernier faisait les cent pas dans le hall d'entrée.

— Bonsoir, maître.

— Bonsoir, inspecteur.

Le notaire au visage rougeaud arborait une mine infatuée, d'une insolence hautaine. Il ne dissimulait pas son mépris pour le policier et son irritation d'avoir été convoqué de la façon la plus cavalière.

— Duncan Mac Gordon a été assassiné.

La bouche du notaire s'entrouvrit et son visage s'empourpra encore plus.

— Qu'est-ce que vous dites… C'est une sinistre plaisanterie !

— Les experts en toxicologie ne passent pas pour des amuseurs, maître. Le crime est prouvé, il reste à identifier le criminel. Je suppose que vous m'aiderez.

— Certainement.

Le notaire était en état de choc, sa morgue avait disparu.

— J'aimerais m'entretenir avec vous dans un endroit calme, proposa Higgins ; il ne pleut plus, le vent est tombé. Une promenade du côté du cairn vous conviendrait-elle ?

— À votre gré, inspecteur.

Higgins se vêtit de son imperméable, et les deux hommes sortirent du château. L'ex-inspecteur-chef était sensible à la majesté des vieilles pierres d'Écosse, taillées dans l'éternel ; elles connaissaient le secret du clan Mac Gordon et finiraient bien par le lui confier.

Higgins marcha lentement, le notaire calqua son pas sur le sien.

– En tant que notaire du clan, vous êtes le dépositaire du testament de Duncan Mac Gordon, je présume ?

Mark Orchard toussa.

– D'une certaine manière, inspecteur, mais c'est un peu compliqué.

– À savoir ?

– Étant partie prenante, dans la mesure où je suis couché sur le testament de Duncan, j'ai préféré transférer la responsabilité du document à un confrère d'Édimbourg.

– Un scrupule professionnel qui vous honore. J'ai le sentiment, cher maître, que l'ouverture de ce testament devient un élément essentiel de l'enquête. Pourriez-vous prévenir votre collègue de se rendre au château le plus rapidement possible ?

– Eh bien…

Mark Orchard toussa une seconde fois, affreusement gêné.

– Un problème, maître ?

– Non, non, pas du tout. Je l'ai prévenu dès hier soir, confessa Orchard ; il sera là demain matin avec le document.

*
* *

Vu la qualité du défunt, Higgins avait sollicité les grands moyens auprès du superintendant Marlow, qui les lui avait accordés. Aussi une équipe spécialisée de Scotland Yard s'était-elle chargée de transporter, en hélicoptère, le corps de Duncan Mac Gordon. Dûment mandaté, Babkocks, le meilleur légiste du royaume, l'attendait à Édimbourg ; non

63

seulement les résultats de son autopsie seraient indiscutables mais encore, comme l'ex-inspecteur-chef l'avait promis à Kathrin Mac Gordon, son mari reviendrait en parfait état et dans les meilleurs délais. Et son chien Ivanhoe ne le quitterait pas pendant ce triste déplacement.

12

Après un dîner rustique où Higgins avait modérément apprécié le *scotch broth,* potage aux légumes épaissi d'orge, et le *haggis,* la panse de brebis farcie, chacun avait regagné ses appartements. Un climat pesant s'était installé au château des Mac Gordon. Andrew Wallis ne voulait plus quitter sa chambre ; Kathrin Mac Gordon se contentait de phrases de politesse ; Alice Brown avait servi et desservi sans mot dire, le visage fermé. Il n'y avait plus seulement la tristesse, mais aussi la suspicion. À présent, tout Landonrow devait être informé de l'affreuse vérité : on avait osé assassiner le maître du clan. Qui pouvait avoir conçu le plus abominable des crimes ?

Prévoyant une digestion difficile, Higgins avait demandé une bouillotte. En la conservant une demi-heure sur le ventre pendant qu'il consultait les notes prises pendant la journée, puis en la plaçant à ses pieds pour les réchauffer, l'ex-inspecteur-chef espérait passer une nuit tranquille. Il s'endormit vers vingt-trois heures, goûtant le calme parfait de cette nuit d'Écosse où les rayons de lune perçaient à peine le rideau argenté de la pluie.

*
* *

Un long gémissement, une plainte déchirante, un être qu'on malmenait au point de lui arracher des cris de douleur… Higgins s'éveilla en sursaut, alluma sa lampe de chevet.

Son premier regard fut attiré par la porte de l'armoire. Elle était de nouveau entrouverte ! Comme la première fois, la pendule marquait trois heures du matin ; pourtant, Higgins avait soigneusement fermé cette porte et tourné la clef dans la serrure. Il y avait forcément une explication.

Il se leva, enfila sa robe de chambre, s'approcha de l'armoire par le côté gauche et jeta un œil à l'intérieur. En apparence, on n'avait touché à rien ; les plis des pantalons étaient restés impeccables. S'il y avait eu un passage secret au fond de l'armoire et si quelqu'un l'avait emprunté pour entrer dans la chambre de Higgins, ce n'aurait point été le cas. Perplexe, il examina les parois du meuble, son plancher, son plafond. Rien d'anormal.

Il n'avait plus envie de dormir et regarda par l'angle du vitrail, mais la noirceur de la nuit et le brouillard l'empêchèrent de distinguer quoi que ce fût. Higgins se décida à faire une promenade dans la cour du château pour mieux se familiariser avec la grande demeure qu'avait tant aimée Duncan Mac Gordon. Elle possédait une âme, un mystère, un langage que seuls les membres du clan savaient déchiffrer.

La froidure de la nuit contraria ses plans ; aussi jugea-t-il préférable de rendre visite à Andrew Wallis. Le jeune homme ne s'était pas montré au dîner ; s'il était à jeun, une conversation serait la bienvenue.

Higgins se déplaçait sans bruit, sans doute parce qu'il appartenait au signe du Chat selon l'astrologie orientale. Muni d'un chandelier, il monta un étage et parvint à la chambre d'Andrew Wallis, sous le chemin de ronde. Il frappa, n'obtint aucune réponse, entra. Personne. Toujours un total désordre. Intrigué par l'absence du jeune homme,

Higgins descendit jusqu'à la cuisine et en profita pour visiter la partie du château consacrée aux activités domestiques : office, buanderie, laverie… Le domaine d'Alice Brown. Sans l'avoir cherchée, il découvrit sa chambre. De la lumière filtrait sous la porte, elle ne dormait donc pas. Au risque de l'importuner, Higgins jugea bon de lui demander si elle avait des nouvelles d'Andrew Wallis.

— Mademoiselle Brown… Inspecteur Higgins. J'aimerais vous parler.

Seul le silence lui répondit. Il n'était pas dans les habitudes de Higgins de pénétrer dans la chambre d'une dame sans y avoir été formellement invité, mais la nécessité de l'enquête l'obligea à se faire violence. Il entra donc.

La chambre d'Alice Brown ressemblait à son occupante : sévère, impeccablement rangée, sans aucune fantaisie. Le lit n'était pas défait. La lumière provenait d'une petite ampoule électrique, à la tête du lit. Une habitude des personnes ayant peur du noir.

Alice Brown absente du château… Surprenant ! Higgins restait-il, sans le savoir, le seul habitant de la vaste demeure ? Réveiller Kathrin Mac Gordon pour s'en assurer n'était pas du meilleur goût, mais cette situation anormale le justifiait. Il remonta au premier.

C'est en arrivant sur le palier qu'un bruit insolite l'alerta. Sans doute le crissement d'un pied de meuble qu'on déplaçait. Le silence régnant dans la bâtisse lui avait conféré un singulier relief. L'ouïe très fine de Higgins lui permit de localiser l'endroit d'où provenait le bruit : le bureau de Duncan Mac Gordon.

Higgins colla son oreille à la lourde porte de chêne. Nouveau crissement : il y avait quelqu'un à l'intérieur. Quelqu'un qui fouillait le bureau du maître du clan. L'assassin revenant sur les lieux de son crime ?

Higgins ouvrit sèchement la porte.

— Ah ! s'écria Kathrin Mac Gordon, surprise par l'intrusion de l'homme du Yard.

Vêtue d'une robe de chambre, elle porta la main gauche à son cœur pour tenter de calmer ses battements précipités. Higgins se tint sur le seuil. Les tiroirs du bureau étaient tirés, le coffre mural ouvert.

— Vous m'avez fait peur, inspecteur ; je rangeais des papiers personnels.

La pièce n'était éclairée que par la faible clarté d'une bougie. La mèche fumait.

— Une heure étrange pour un travail de classement, ne pensez-vous pas ?

Kathrin Mac Gordon, nerveuse, repoussa les tiroirs et referma le coffre mural.

— Je ne parvenais pas à dormir ; en venant ici, j'ai l'impression de retrouver un peu mon mari. C'était sa pièce préférée.

— Ne cherchiez-vous pas quelque chose de précis, madame Mac Gordon ?

— Pas du tout, répliqua-t-elle vivement ; j'espérais recueillir quelques souvenirs des années heureuses. Vous ne dormiez pas non plus, inspecteur ?

— Savez-vous où se trouvent Alice Brown et Andrew Wallis ?

Kathrin Mac Gordon parut contrariée.

— Andrew doit dormir au pub ; ils le gardent quand il a trop bu.

— Et Alice Brown ?

— C'était sa soirée de congé, inspecteur, et je ne me mêle pas de sa vie privée. Alice Brown est une femme très sérieuse, profondément attachée au clan.

— Tout est donc normal, et vous devriez aller vous coucher. Demain sera une rude journée.

— Vous… Vous souhaitez rester ici ?

— Un moment, si cela ne vous dérange pas.

— Bonne nuit, inspecteur.

Dès que Kathrin Mac Gordon se fut retirée, Higgins inspecta la pièce de fond en comble. Il n'y trouva rien d'insolite, sinon un livre de comptes dont une page était froissée, comme si on l'avait refermé trop précipitamment. Il nota que, dans certaines colonnes de chiffres, l'écriture avait été rectifiée. Higgins dessina un spécimen des deux types de chiffres sur son carnet noir, referma la porte du bureau et regagna sa chambre.

13

— Voilà celui que nous attendions, annonça Mark Orchard, penché à l'une des fenêtres du château donnant sur la grande cour. Où souhaitez-vous que nous le recevions, ma chère Kathrin ?

— Dans le bureau de Duncan.

Tous les membres du clan avaient été convoqués par le notaire Mark Orchard pour neuf heures quinze ; pas un ne manquait à l'appel. Higgins avait été convié par Kathrin Mac Gordon à assister à l'étrange cérémonie qui allait se dérouler au château.

Suivant Alice Brown, un petit homme vêtu de noir, portant une serviette marron sous son bras droit, entra dans le bureau de Duncan Mac Gordon. Tous les regards convergèrent vers lui. Kathrin Mac Gordon était assise à la table de travail, occupant le fauteuil du chef du clan. Adossé à la cheminée, solitaire, Andrew Wallis. À l'opposé, les autres membres du clan, les hommes debout, les femmes assises. Le notaire Mark Orchard arborait une mine sévère, de même que le brigadier David Multon, le pasteur Peter Little-wood et le docteur Michael Scinner. Barbara Multon tentait de sourire. La propriétaire terrienne Jennifer Scinner était aussi crispée qu'Alice Brown.

Higgins s'était situé en retrait, dans un angle de la pièce, derrière Kathrin Mac Gordon. Nul ne lui prêtait attention.

Mark Orchard s'avança vers le petit homme noir.

— Merci d'être venu si vite, mon cher confrère ; en raison du malheur qui nous frappe si cruellement, le clan Mac Gordon a jugé bon d'accélérer les formalités et de…

— Vous n'avez pas le droit de parler au nom du clan, l'interrompit Kathrin Mac Gordon ; jusqu'à la lecture des dernières volontés de mon mari, c'est moi qui le remplace.

Le visage rougeaud de Mark Orchard s'empourpra. Il réussit à maîtriser une réaction de colère et reprit sa place aux côtés du médecin et du pasteur. Andrew Wallis, bras croisés, ricana.

— Toujours aussi courageux…

— Je ne vous permets pas ! s'anima Mark Orchard.

— Ça suffit ! exigea Kathrin Mac Gordon. Nous sommes réunis pour écouter la lecture d'un testament… Écoutons-la.

Higgins admirait le courage dont faisait preuve l'épouse de feu Duncan. En dépit de cette autorité, elle masquait mal sa fragilité.

Alice Brown avança un siège pour que le petit homme puisse s'asseoir. Ce dernier ouvrit la serviette marron et, d'une voix monocorde, entreprit de lire le testament de Duncan Mac Gordon en commençant par les formules légales et stéréotypées.

Chacun attendait l'essentiel. Le petit homme y parvint enfin, sans changer de ton, comme si ces phrases-là n'avaient pas plus d'importance que les précédentes.

— Moi, Duncan Mac Gordon, lègue l'ensemble de ma fortune, de mes biens et propriétés à mon épouse Kathrin, née Scinner, pour les sept dixièmes, et à Andrew Wallis, pour les trois dixièmes restants. En cas de décès de l'un des héritiers, sa part reviendrait obligatoirement au survivant. Mon épouse Kathrin sera chargée de veiller à la pérennité du clan. Moi, Duncan Mac Gordon, sain d'esprit, en mon âme et conscience.

Un silence épais, chargé d'orages, succéda à cette incroyable révélation. Les membres du clan, déshérités, réduits à néant, ne parvenaient pas à croire ce qu'ils venaient d'entendre. Ils devaient être victimes d'une hallucination collective.

— Elle vous a bien eus ! s'amusa Andrew Wallis, les ramenant à l'atroce réalité.

Kathrin Mac Gordon, très pâle, demeurait d'une exemplaire dignité.

— Ce testament est un faux ! s'écria Mark Orchard. Et vous-même, monsieur, s'acharna-t-il en s'en prenant au petit homme en noir, pourquoi nous avoir lu ces inepties ? Ça n'a aucun sens !

— Mais enfin, mon cher confrère, vous perdez la tête ! Ce document est le seul testament authentique déposé en notre étude d'Édimbourg par Duncan Mac Gordon lui-même, il y a une semaine. Je le découvre comme vous, aujourd'hui, et je ne vois pas comment on pourrait le contester.

— Ce n'est pas vrai ! C'est un mensonge, une ignominie !

Le brigadier Multon et le docteur Scinner furent obligés de retenir le notaire Orchard.

— C'est une maison de fous, ici ! s'indigna le petit homme en noir ; je rentre immédiatement à Édimbourg.

Barbara Multon s'était rapprochée d'Andrew Wallis et lui souriait. Après tout il devenait héritier d'une petite partie de l'immense fortune. Son mari, le brigadier, la prit par le bras et l'emmena hors du bureau.

— Duncan était sénile, assura Jennifer Scinner en s'adressant à Kathrin. Ma pauvre chérie, ce sont des responsabilités beaucoup trop lourdes pour vous ; mais sa mort tombe à pic, d'une certaine façon…

— Dieu veille sur l'âme de notre pauvre Duncan, prêcha le pasteur Littlewood ; pourquoi a-t-il déshérité sa paroisse ? Je crains qu'il n'ait été bien mal conseillé !

Échangeant des confidences, la propriétaire terrienne et le pasteur quittèrent la pièce, omettant de saluer Kathrin Mac Gordon.

— Bien joué, sœur chérie, félicita le docteur Michael Scinner en s'approchant d'elle. Vraiment bien joué…

Andrew Wallis l'écarta.

— Vous devriez la laisser tranquille, docteur ; vos malades vous attendent. Je redoute des crises de dépression parmi les membres du clan.

Michael Scinner lança un regard meurtrier à Andrew Wallis.

— Petit voleur… Vous ne l'emporterez pas au paradis !

— Fichez le camp, toubib, ou je vous casse la figure !

Michael Scinner tint tête à son adversaire quelques instants, puis préféra battre en retraite et quitter le château à son tour.

— Madame m'excusera, dit Alice Brown, avec sa sécheresse habituelle, je ne travaillerai pas cet après-midi. J'ai besoin de repos. Il y a des injustices difficiles à accepter.

Andrew Wallis lui tira la langue alors qu'elle tournait les talons, suivant de peu le docteur Scinner.

— Ne vous tourmentez pas, Kathrin, recommanda Wallis. Ils sont fichus et ils le méritent… Ah, quelle soirée ! Duncan doit bien rire, là-haut ! Ils ne l'ont pas cru, et maintenant… Moi, je vais fêter ça !

Duncan parti, Kathrin Mac Gordon était seule. Ou presque.

– Je sais ce que vous pensez, inspecteur Higgins, dit-elle sans se retourner.

L'homme du Yard sortit de l'angle de la pièce d'où il avait observé le déroulement de la scène.

– C'est-à-dire, madame ?

– Toutes les insinuations que vous avez entendues ont un but précis : m'accuser d'avoir tué mon mari.

– La lecture de ce testament semble avoir beaucoup surpris les membres du clan… Je croyais que Duncan avait respecté la tradition consistant à distribuer son héritage en parts égales.

– Duncan était le maître ; il a agi en toute souveraineté et selon sa conscience. Je puis vous jurer que j'ignorais tout de ses dernières volontés.

– Pourtant, Duncan et vous formiez un couple très uni.

– C'est exact, inspecteur. Je n'avais pas besoin de l'assassiner pour jouir de sa fortune.

Higgins s'approcha d'une fenêtre pour regarder dans la cour principale du château, là où étaient passés l'un après l'autre les membres du clan.

– Je crois, dit Kathrin Mac Gordon d'une voix légèrement tremblante, qu'il faut mettre les choses au point entre nous, inspecteur. Me soupçonnez-vous réellement d'avoir commis un acte aussi abominable ?

Un nuage noir cacha le soleil pâle. À l'horizon, les bruyères violettes ondulaient, agitées par le vent. La première pluie de la journée n'allait pas tarder à rafraîchir les pelouses du château.

– De quelle soirée parlait Andrew Wallis ? Pourquoi les membres du clan n'ont-ils pas cru Duncan ?

Kathrin Mac Gordon sortit enfin de son immobilité, se leva et se dirigea vers une fenêtre, sans regarder Higgins.

– N'attachez aucune importance à ces propos, inspecteur ; j'aime beaucoup Andrew, mais il fabule énormément.

Higgins soupira avec élégance.

– Quel dommage, madame, que vous n'ayez pas confiance en moi ! Votre clan possède un secret. Je dois à la mémoire de Duncan de l'élucider d'autant plus qu'il en a été la victime. Je ne quitterai pas ce château avant d'avoir ôté le masque de son assassin.

Kathrin Mac Gordon ouvrit la bouche, hésita, se reprit, s'assit à nouveau dans le fauteuil du maître du clan et ferma les yeux.

14

– Vous désiriez me parler, maître ?

– Tout à fait, inspecteur Higgins, répondit le notaire Mark Orchard, au visage rougi par l'indignation et la colère.

Higgins et Orchard s'assirent dans un angle du grand hall du château, ressemblant à la nef d'une église ; une pâle lumière filtrait à travers les vitraux animant les austères murs de pierre. Les deux hommes étaient adossés au panneau de bois ajouré formant le fond de la vaste pièce ; au-dessus d'eux, les portraits des ancêtres du clan Mac Gordon ; Higgins trouvait plutôt inconfortable la chaise à dossier bas recouverte de cuir. Ses vertèbres le faisaient souffrir, son arthrose du genou avait tendance à se réveiller, et le froid qui régnait dans le grand hall chauffé par une seule cheminée n'arrangeait rien. À cet instant, il n'avait obtenu qu'une seule certitude : son ami Duncan Mac Gordon était mort assassiné. Les notes consignées sur le carnet noir s'accumulaient, mais rien de cohérent ne s'en dégageait. Et il y avait aussi la sensation que la mort rôdait encore dans le château, comme si la disparition du chef du clan n'avait pas suffi à l'expulser de l'antique demeure.

– J'ai des révélations à vous faire, inspecteur.

– Je vous écoute, maître.

Mark Orchard se rengorgea, son cou se gonflant comme celui d'un dindon paradant.

– Depuis la disparition de Duncan, j'estime avoir la responsabilité morale du clan. Ce n'est pas cette malheureuse Kathrin, si fragile, qui pourra l'assumer.

– Le testament de son époux lui attribue pourtant ce devoir sacré, observa Higgins.

– Parlons-en, de ce testament ! éclata le notaire Mark Orchard. Un véritable scandale, une ignominie, un...

Il s'interrompit, surpris par le geste de l'ex-inspecteur-chef qui avait placé son index gauche sur ses lèvres.

– Parlez plus bas, recommanda Higgins ; dans ces grandes demeures, il y a parfois des oreilles indiscrètes.

– Mais, qui...

– Continuez, maître, je vous prie. Vos révélations...?

Le regard de Higgins était en perpétuel mouvement, observant les angles de la pièce l'un après l'autre.

– Il y avait un autre testament, inspecteur, reprit le notaire un ton plus bas, parvenant mal à maîtriser son indignation. Un testament normal, rédigé par Duncan le jour où il avait été nommé maître du clan, et remis entre mes mains. J'ai le document sur moi : c'est la preuve indéniable que Duncan Mac Gordon désirait partager la fortune du clan entre tous ses membres.

– Plus ou moins, mon cher maître.

– Comment, plus ou moins ? s'empourpra le notaire Orchard en élevant la voix à nouveau.

– Ce premier testament aurait un intérêt certain si le second n'existait pas ; Duncan Mac Gordon a modifié ses dernières volontés et personne ne peut trouver à y redire. Auriez-vous l'intention d'attaquer ce document en nullité, mon cher maître ?

– Mais... mais...

Le notaire Orchard en resta pétrifié.

— Ce qui serait intéressant, dit Higgins en admirant le plafond de la grande salle, ce serait de connaître les événements qui ont conduit Duncan Mac Gordon à modifier ses intentions. Ne vous avait-il pas fait quelques confidences, à vous, un professionnel ?

— Eh bien… Non, je ne vois pas. Duncan était devenu solitaire, agressif. Kathrin a toujours eu une mauvaise influence sur lui. À mon avis, il en avait pris conscience et doutait d'elle. Peut-être craignait-il pour son existence… Méfiez-vous de cette femme, inspecteur ; je la crois capable de tout.

— Beaucoup d'individus trompent leur monde, nota Higgins. Mon rôle consiste à ôter leurs masques et à découvrir leur véritable nature.

Orchard toussota.

— Pardonnez-moi, inspecteur, j'ai beaucoup à faire.

Le notaire sortit du grand hall d'un pas pressé. À peine l'avait-il quitté qu'un tableau représentant le troisième ancêtre du clan tomba lourdement sur le parquet. Un rire nerveux ponctua l'accident et la tête goguenarde d'Andrew Wallis apparut au sommet du panneau de bois, dans l'intervalle qui le séparait du plafond.

— Raté, s'exclama-t-il. Je descends.

Quelques secondes plus tard, Andrew Wallis fit irruption dans le grand hall. Higgins se réchauffait tant bien que mal au feu de la cheminée.

— Vous devriez raccrocher le tableau, recommanda-t-il au jeune homme.

— La rouquine s'en chargera ! rétorqua-t-il. Alice Brown ramasse tout ce qui traîne. Je regrette d'avoir échoué… Un peu de chance, et le notaire recevait l'ancêtre sur le crâne !

— Vous lui en voulez à ce point-là ?

— À lui comme aux autres, répondit Andrew Wallis, soudain plus grave.

Il s'affala sur une chaise, passant de la gaieté au spleen.

— Imprudent d'agir ainsi devant un policier de Scotland Yard, commenta Higgins en se retournant afin de se chauffer le dos. Si vous aviez tué le notaire, mon enquête aurait été rapide.

Prostré, Andrew Wallis était au bord des larmes.

— La vie ne m'a jamais souri, ç'aurait été trop beau d'assommer Orchard ! Les autres ne valent pas mieux que lui : tous menteurs, tous pourris ! Un jour, je parlerai ; leur argent, je m'en moque !

— Et si ce jour était venu ? murmura Higgins. Je suis prêt à tout entendre.

Andrew Wallis pâlit, ses traits se crispèrent.

— Je n'ai rien à dire. Demandez-leur de se confesser, en commençant par ce qui s'est passé la veille de la mort de Duncan, quand il les a tous réunis au château.

Andrew Wallis se leva brusquement, repoussant sa chaise. À son tour, il quitta le grand hall où Higgins demeura seul. Ou presque seul… Car l'ex-inspecteur-chef avait la désagréable sensation d'être épié. Sensation qui ne l'avait pas quitté depuis le moment où il était entré dans le château des Mac Gordon.

15

Le grincement fut si horrible, si déchirant, que Higgins se dressa dans son lit. Le constat fut rapide : il était trois heures du matin et la porte de l'armoire, soigneusement fermée, s'était entrouverte. L'ex-inspecteur-chef examina à nouveau l'objet du délit sans rien découvrir de significatif et nota l'incident sur son carnet.

L'envie de dormir l'ayant quitté, Higgins décida d'errer dans le château silencieux.

Muni d'un chandelier, il passa devant la chambre de Kathrin Mac Gordon, jeta un œil au bureau de Duncan Mac Gordon, progressa avec lenteur le long des couloirs glacés et retrouva le chemin de la chambre d'Andrew Wallis. Une conversation serrée avec le jeune homme s'imposait ; il fallait éclaircir le mystère de cette étrange soirée réunissant tous les membres du clan, où Duncan Mac Gordon avait sans doute pris des décisions qui lui avaient coûté la vie.

Mais le refuge d'Andrew Wallis était vide. Le jeune homme devait encore passer sa nuit au pub. C'est en rebroussant chemin que l'ex-inspecteur-chef perçut une sorte de hululement provenant des parties hautes du château. Le vent ? Une chouette ? Un être humain ? Le son avait été trop vague, trop furtif. Higgins revint sur ses pas et chercha un escalier qui le mènerait au sommet de la demeure. Il découvrit une volée de marches de pierre, disposées en colimaçon, grimpa avec prudence et atteignit une porte en métal rouillée. Il la poussa et pénétra dans un curieux univers.

Une petite pièce, directement sous la charpente. Des toiles d'araignée entre les poutres et de la poussière sur le parquet grinçant. Une fenêtre ovale donnant sur la grande cour. Un coffre en bois au pied duquel se trouvait une longue gaule de plus de deux mètres. Dans un coin, une douzaine de bouteilles de whisky. Vides. Higgins souleva le couvercle du coffre, rempli de vêtements bizarres : pantalons en soie rouge, capes noires, costumes d'allure médiévale. Des habits de théâtre.

Higgins bâilla. Il en savait assez, et quelques heures de sommeil lui feraient le plus grand bien. Jusqu'à preuve du contraire, la porte de l'armoire ne grinçait pas après trois heures du matin.

*
* *

Une pluie fine tombait sur Landonrow, les tours du château des Mac Gordon émergeaient à peine du brouillard matinal. Higgins rejoignit Kathrin Mac Gordon qui effectuait sa promenade habituelle dans la cour du cairn.

— Fraîche matinée, observa l'ex-inspecteur-chef. Un temps superbe pour remettre les idées en place.

Kathrin arborait une mine boudeuse.

— Auriez-vous mal dormi ?

— Je suis épuisée, inspecteur ; voilà trois nuits que je n'ai pas fermé l'œil. Peut-être attribuerez-vous cela au remords de l'assassin.

Higgins remonta le col de son imperméable. La masse violette des bruyères se dégageait des écharpes de brume flottant sur les collines. Fièrement dressé sur son promontoire, le château des Mac Gordon continuait à dominer les vallées voisines comme si rien ne s'était passé.

— J'ai découvert une bien curieuse pièce, sous les combles, dit Higgins d'une voix tranquille. Elle ne doit pas être souvent nettoyée… De la poussière, des bouteilles vides, mais une vue superbe.

— C'est là que se réfugiait souvent Andrew Wallis quand il avait trop bu.

— Se réfugiait ? Il n'y va plus ?

— Pas depuis la mort de mon mari. Duncan lui avait offert ce domaine, c'était son havre de paix. Ils ont vidé quelques bonnes bouteilles ensemble, là-haut. Andrew est un garçon hypersensible. Le souvenir de Duncan est si profondément gravé en lui qu'il ne veut pas égratigner ce sanctuaire.

Un rayon de soleil dessina une arabesque sur la façade du château.

— Andrew Wallis est-il rentré ?

— Oui, il dort. Après une nuit au pub, il a besoin de récupérer.

— Wallis a fait allusion à un événement important dont vous ne m'avez pas parlé, me semble-t-il. Duncan n'avait-il pas réuni tous les membres du clan pour leur faire part de décisions inattendues ?

Kathrin Mac Gordon se mordilla la lèvre.

— Événement important… Je ne crois pas. Mon mari réunissait le clan de temps à autre.

Higgins hocha la tête, à la manière d'un professeur mécontent de son élève.

— Madame Mac Gordon, ce n'est pas sérieux. J'apprécie la pudeur et la discrétion, pas le mensonge par omission ; il ne faut pas être devin pour savoir ce qui s'est passé.

J'imagine assez bien mon ami Duncan convoquant les membres de son clan afin de leur apprendre qu'il avait modifié son testament… ou qu'il s'apprêtait à le faire. A-t-il ou non indiqué les heureux bénéficiaires ? Tout cela, on cherche à me le cacher, vous la première, sans doute parce que l'attitude de Duncan a déclenché des réactions si violentes qu'elles ont conduit à son assassinat. Vous ne pouvez nier, madame, que cette soirée a bien eu lieu.

Après avoir tourné autour du cairn, ils revinrent vers la cour principale. Kathrin Mac Gordon était à ce point troublée que Higgins percevait sa tension intérieure ; ses lèvres s'ouvrirent à deux reprises, mais nul mot ne sortit.

La pluie redoubla, la chape de brume enveloppa à nouveau les collines. Le soleil avait renoncé à la percer. Quand Higgins et Kathrin abordèrent le perron menant à l'entrée du grand hall, le policier se plaça devant l'épouse de son ami assassiné.

— Madame Mac Gordon, j'ai un service à vous demander. En tant que chef du clan, seriez-vous assez aimable pour convoquer tous ses membres au château à seize heures ? Si vous m'y autorisez, je les recevrai dans le bureau de Duncan. J'ai quelques questions à leur poser.

Sans répondre, Kathrin Mac Gordon gravit les marches du perron et s'engouffra dans le grand hall. « À cette heure-là, songea Higgins, Mary m'aurait préparé une boisson chaude et je serais installé devant un bon feu en compagnie de Trafalgar le siamois. » Vaine pensée, en un lieu où la mort continuait à rôder et où un assassin évoluait en liberté, narguant un inspecteur du Yard.

16

À seize heures précises, l'ex-inspecteur-chef Higgins s'installa dans le fauteuil de Duncan Mac Gordon, sous le regard des membres du clan. Le notaire Mark Orchard, visiblement furieux, était assis à côté de Jennifer Scinner, la propriétaire terrienne dont l'air pincé marquait assez la désapprobation. Derrière eux, le pasteur Peter Littlewood, triple menton replié, et le docteur Michael Scinner paraissaient inquiets et gênés. La jolie Barbara Multon avait pris place sur un tabouret, à côté du docteur. Le brigadier-chef David Multon était resté debout, accoudé à la cheminée. Alice Brown, l'intendante du château, se tenait près de la porte du bureau de Duncan Mac Gordon.

Chacun était impressionné par le caractère solennel de l'entrevue et sentait que les mots prononcés sous le plafond décoré des blasons du clan, en présence des tartans exposés dans les vitrines et du portrait en pied de l'ancêtre, conduiraient à un tournant décisif de l'enquête.

— Je vous ai réunis, commença Higgins, pour vous interroger sur la soirée qui a précédé la mort de Duncan Mac Gordon. Vous y étiez tous présents.

— Qui vous a permis d'occuper la place du maître du clan ? interrogea le docteur Michael Scinner avec agressivité.

– Madame Mac Gordon elle-même, répondit Higgins avec sérénité. Je suis d'ailleurs étonné de son absence ; mademoiselle Brown, pourriez-vous la prier de venir nous rejoindre ?

Claquant presque les talons, Alice Brown satisfit sur le champ à la demande de l'inspecteur.

– Et Andrew Wallis ? s'étonna le brigadier-chef David Multon. Pourquoi n'est-il pas là ? Il a quand même trente pour cent de la fortune ! Quand Duncan nous a réunis, il ne manquait pas à l'appel et il…

Le brigadier-chef s'interrompit, conscient d'avoir commis une gaffe. Les autres membres du clan le regardaient avec hargne. Sa femme Barbara lui reprochait souvent de trop parler, et cette bévue n'améliorerait pas leurs rapports.

– Nous sommes entre gens responsables, observa Higgins, et je comprends votre discrétion. Mais il y a eu crime. Les affaires privées du clan, quelles qu'elles soient, doivent être portées à ma connaissance. Maître Orchard, que vous a déclaré Duncan Mac Gordon, ce fameux soir ?

– Eh bien, toussota le notaire, conscient d'être observé par ses pairs, il nous a annoncé… qu'il souhaitait modifier son testament. D'abord, nous ne l'avons pas cru ; Duncan aimait les plaisanteries. Mais il a insisté…

– Sans nommer ses nouveaux héritiers ?

Il y eut un certain flottement dans l'assistance.

– Sans les nommer, affirma Jennifer Scinner, la propriétaire terrienne.

– Un bien grand risque, nota Higgins. Certains ont sans doute cru que le nouveau testament n'était pas encore rédigé et que la mort subite de Duncan Mac Gordon préserverait les dispositions de l'ancien testament, connues de tous.

— Insinuation scandaleuse ! protesta le pasteur Littlewood. Les âmes ici présentes sont chrétiennes, et nulle
d'entre elles ne saurait imaginer…

La péroraison de l'homme d'Église fut interrompue par
Alice Brown, l'intendante.

— Madame est souffrante, elle s'est alitée et dort. Je crois
qu'elle a pris des somnifères.

— Prescrits par vous, docteur Scinner ? demanda Higgins.

— Pas du tout ! Ma sœur n'en fait qu'à sa tête.

— Son absence tombe fort à propos, ironisa le notaire
Mark Orchard. Cela lui évitera de répondre à des questions
gênantes.

Un hurlement fit frissonner l'assemblée ; il semblait pro-
venir du dehors. Higgins se leva et ouvrit l'une des fenêtres-
vitraux du bureau de Duncan Mac Gordon. Un rire
d'outre-tombe résonna comme un coup de tonnerre.

— Descendons dans la grande cour, ordonna le notaire
Mark Orchard. On verra d'où ça vient.

Les membres du clan sortirent du bureau en se bouscu-
lant et dévalèrent l'escalier menant au grand hall qu'ils
traversèrent en courant, pour se regrouper au centre de la
cour. Higgins ferma la marche, s'assurant que personne ne
restait derrière lui.

Ils levèrent les yeux vers le sommet du château, alertés
par un nouvel éclat de rire, encore plus sinistre que le
premier. Le spectacle qu'ils découvrirent les glaça d'effroi :
Andrew Wallis, entamant une chanson d'ivrogne, se tenait
en équilibre sur une corniche, devant une fenêtre ovale que
Higgins identifia comme celle de la petite pièce poussiéreuse
qu'il avait découverte sous les combles. Le jeune homme
esquissa un pas de gigue.

— Arrêtez, Andrew ! hurla le notaire Mark Orchard.

– Descendez, je vous en supplie ! appuya le brigadier-chef David Multon.

Andrew Wallis cessa de remuer. Il contempla le soleil, passa la main devant ses yeux, vacilla et hurla un discours à l'adresse des membres du clan.

– Pauvres fourmis… Vous crevez de trouille, hein ? Vous le saviez, que j'allais tout dire ! Toutes vos saloperies, étalées là, devant le ciel, devant l'âme de Duncan !

Higgins prit le notaire Mark Orchard par le bras.

– Occupez-vous de lui. Parlez-lui, tentez de l'apaiser ; que quelques-uns montent avec moi : nous essayerons de l'attraper de l'intérieur.

Mark Orchard, le pasteur Littlewood et Jennifer Scinner restèrent dans la cour. Barbara Multon, victime d'une crise de nerfs, rentra dans le grand hall, incapable de contempler plus longtemps l'atroce spectacle. Higgins grimpa l'escalier menant aux parties hautes, suivi d'Alice Brown, du médecin Michael Scinner et du brigadier-chef David Multon. Michael Scinner passa devant mais s'essouffla ; Alice Brown le relaya. Higgins arriva en deuxième position à la porte métallique rouillée.

– Elle est fermée ! cria Alice Brown, perdant pour la première fois le contrôle d'elle-même.

– Allez chercher la clef, ordonna-t-il.

– Je ne sais pas où elle est, peut-être à l'office, peut-être dans l'armoire du grand hall ou dans la commode du premier.

– Cherchez-la, vite ! Je reste ici. Je vais tenter de parlementer avec Andrew.

Alice Brown, Michael Scinner et David Multon redescendirent l'escalier, chacun se chargeant d'un secteur. Higgins frappa du poing contre le métal rouillé de la porte.

– Andrew, répondez-moi !

À cet instant, dans la cour, le notaire Orchard, le pasteur Littlewood et Jennifer Scinner virent Andrew Wallis danser d'une jambe sur l'autre. Il se tut, restant quelques secondes bouche bée, puis se tourna à moitié vers la fenêtre ouverte.

– Qu'est-ce que c'est…?

En entendant la question d'Andrew Wallis, l'ex-inspecteur-chef éprouva un réel espoir.

– C'est Higgins, Andrew, je suis prêt à vous écouter ! Venez jusqu'à la porte !

Andrew Wallis porta la main droite à son front. Les paroles de Higgins parvenaient brouillées à son cerveau, il ne savait plus s'il devait continuer à hurler leurs quatre vérités aux membres du clan, ou bien rentrer dans sa pièce préférée, ou bien encore se jeter dans le vide, un vide si attirant…

– Parlez, Andrew !

– Tous des salauds… des salauds ! hurla le jeune homme, levant le poing vers le ciel. Ils croient m'avoir enfermé ! Ils vont voir…

Son buste se cassa, il bascula en avant. Dans la grande cour du château, Jennifer Scinner, le notaire et le pasteur fermèrent instinctivement les yeux pour ne pas voir la chute d'Andrew Wallis. Quand ils les rouvrirent, le jeune homme était toujours debout sur la corniche : il avait soif. Et, pour boire, il devait aller jusqu'au coffre, l'ouvrir et y prendre une bouteille de la cuvée spéciale que lui avait donnée Duncan.

– Je viens, je viens ! prévint-il.

– Je vous attends ! dit Higgins d'une voix forte, optimiste.

Andrew Wallis était sauvé, il allait rentrer dans la pièce et Higgins converserait avec lui jusqu'à ce qu'on ait retrouvé la clef. Les révélations du jeune homme permettraient de comprendre pourquoi l'on avait tué Duncan Mac Gordon, et qui avait commis ce geste abominable.

Soudain, il y eut un « Nooon ! » et un bruit de chaussure raclant une corniche de pierre. Et ce fut la chute d'un corps s'écrasant sur les pavés de la grande cour du château.

Higgins dévala l'escalier, risquant de se rompre le cou. Quand il arriva sur le lieu du drame, tous les membres du clan étaient réunis. Alice Brown était sortie de l'office, Michael Scinner du grand hall. Le brigadier-chef Multon venait du premier étage où il avait exploré en vain plusieurs meubles à la recherche d'une clef. L'intendante et le médecin n'avaient pas été plus heureux que lui.

Mais le problème de la clef était bien loin. Les membres du clan formaient un cercle autour du cadavre désarticulé d'Andrew Wallis. Barbara Multon, remise de ses émotions, s'était jointe à eux. Ils étaient fascinés par la dépouille du malheureux.

— Un alcoolique devait mourir comme ça, dit le notaire Mark Orchard en guise d'oraison funèbre. À présent, Kathrin hérite de la totalité de la fortune.

17

Lorsque Kathrin Mac Gordon s'éveilla, vers vingt heures, elle découvrit Higgins à son chevet. L'ex-inspecteur-chef lisait un ouvrage sur l'histoire des clans écossais, provenant de la bibliothèque du château. Les yeux de la maîtresse des lieux se mouillèrent de larmes, mais elle parvint à dominer son émotion.

— Qu'est-ce que… qu'est-ce que vous faites ici, inspecteur ?

— Je cherche un assassin, madame.

— Pourriez-vous vous retirer ? Je souhaiterais me lever.

— J'aimerais mieux que vous restiez couchée quelques instants encore : une triste nouvelle à vous apprendre.

L'angoisse crispa le visage de Kathrin Mac Gordon.

— Andrew Wallis est mort.

— Mon Dieu !

Kathrin Mac Gordon parut sincèrement atterrée. « Une femme sensible ou une remarquable comédienne », estima Higgins.

— Comment… comment est-ce arrivé ?

Les mains agrippant son drap de lit, les yeux perdus, Kathrin Mac Gordon faisait peine à voir.

— Un dramatique accident. Andrew était ivre ; il s'est aventuré sur la corniche et il est tombé.

– Personne… personne n'a tenté de le retenir ?

– Tous les membres du clan étaient réunis ; Andrew Wallis les a apostrophés, il voulait révéler leurs quatre vérités. J'ai cru pouvoir le sauver, mais la porte de la petite pièce sous les combles était fermée. Sauriez-vous où se trouve la clef ?

– Je l'ignore ; Alice est forcément au courant.

– Le notaire Mark Orchard a insisté sur le fait que vous deveniez l'unique héritière de la fortune du clan, madame Mac Gordon. Et vous étiez aussi l'unique absente lors de la réunion.

– J'étais épuisée, inspecteur ; j'ai pris des somnifères et je me suis endormie.

– Je veux bien vous croire, mais je ne dispose que de vos affirmations.

– Vous me soupçonnez donc tant que cela ? Vous croyez que j'ai simulé le sommeil, que je suis montée jusqu'à la petite pièce sous les combles, que j'ai fait boire Andrew Wallis, que je l'ai fait tomber et que je suis redescendue me coucher sans que personne ne m'aperçoive ? Vous croyez que mon but est d'acquérir la fortune du clan et qu'après avoir assassiné mon mari, j'ai éliminé le dernier obstacle ?

Kathrin Mac Gordon frissonnait d'indignation.

– En premier lieu, répondit Higgins, rien ne prouve que l'accident d'Andrew Wallis doive être considéré comme un meurtre ; ensuite, j'ai connu quelques assassins capables de mettre au point un plan aussi subtil que celui que vous avez décrit. Reposez-vous, madame ; nous nous reverrons au dîner.

*
* *

Higgins dîna seul au château. Kathrin Mac Gordon demanda à Alice Brown de l'excuser ; bouleversée par la mort brutale d'Andrew Wallis, la veuve préférait garder la chambre.

En tant qu'officier de police, le brigadier-chef Multon avait constaté le décès, et le docteur Scinner avait un peu arrangé la dépouille avant qu'elle ne fût déposée dans un modeste cercueil, exposé au presbytère pour une veillée funèbre à laquelle n'assisterait que le pasteur. Un enterrement à la sauvette aurait lieu à l'aube.

Persuadé qu'une autopsie n'apporterait rien, Higgins ne s'était pas opposé au processus voulu par le clan ; il espérait que le malheureux garçon trouverait enfin une forme de paix. Restait à savoir s'il s'agissait d'un affreux accident ou bien d'un crime.

L'intendante servit une soupe aux pois et du fromage de brebis.

— Il faudra vous en contenter, dit la rouquine au policier ; en raison des circonstances, je n'ai pu faire mieux.

— Je comprends, mademoiselle ; auriez-vous retrouvé la clef ?

— J'ai rassemblé tous les trousseaux. Vous voulez les voir ?

— S'il vous plaît.

Alice Brown déposa une dizaine de trousseaux sur la table de la salle à manger. Le château comptait une bonne centaine de portes munies de serrures.

— Merci de votre aide précieuse, apprécia Higgins ; vous rendez-vous souvent à la petite pièce sous les combles ?

— Jamais. Mr. Mac Gordon me l'avait interdit ; c'était le domaine réservé d'Andrew Wallis.

— Comment savez-vous que sa clef ne se trouve pas sur ces trousseaux ?

– Pas moyen de confondre : c'est la seule clef plate, moderne.

De fait, les autres étaient autant de petits chefs-d'œuvre de serrurerie taillés dans le bronze ou le fer.

– Comment expliquez-vous sa disparition, mademoiselle Brown ?

– Je suis payée pour assurer un travail, pas pour expliquer. Si votre interrogatoire est terminé, je monte me coucher. La journée a été harassante.

Higgins dut admettre que, par moments, il regrettait Mary et ses délicieux repas. Il ne toucha qu'à peine à son frugal dîner ; sans sa tisane du soir, il risquait de mal digérer. Seul dans une salle à manger glaciale où les parquets grinçaient d'eux-mêmes, Higgins ressentait le caractère étouffant du château. Duncan Mac Gordon avait laissé un vide immense où s'engouffraient des ombres maléfiques, parmi lesquelles un assassin qui espérait lui échapper.

Higgins avait rendez-vous avec lui ce soir même ou, du moins, avec l'un de ses pièges. Il ne le décevrait pas, d'autant plus qu'il estimait nécessaire de se rendre dans la petite pièce sous les combles pour aboutir à une conclusion sérieuse concernant Andrew Wallis : suicide d'un alcoolique ou assassinat manigancé avec une astuce diabolique ?

Higgins abandonna le fromage de brebis, se réchauffa une dizaine de minutes au feu d'une cheminée et entama une nouvelle ascension. Comme il l'avait supposé, la porte de fer était entrouverte ; quelqu'un avait retrouvé la clef, ne commettant pas la faute de la laisser dans la serrure.

Higgins pénétra dans la pièce éclairée par la lumière vacillante d'une bougie presque entièrement consumée. Était toujours présente la collection de bouteilles vides sur le coffre de bois, mais la grande gaule avait disparu. Alors qu'il s'approchait de la fenêtre, la porte claqua. Suivit un bruit de clef ; il se retourna, fit jouer en vain la poignée de la porte. L'ex-inspecteur-chef venait d'être enfermé.

Il en profita pour examiner avec attention la petite pièce, passant outre le manque de propreté des lieux. Dans une plage de poussière grise, à gauche de la porte d'entrée, une marque ovale : l'empreinte d'un talon de chaussure. Un peu partout, des fragments de tissu. Près du coffre, un cheveu ; il appartenait sans doute à Andrew Wallis, mais mieux vaudrait vérifier.

Higgins mesura l'empreinte avec son crayon qui servait de réglette, recueillit cheveu, fragments de tissu et poussière dans une enveloppe réglementaire dont il se munissait toujours. Cessant ses investigations, il s'immobilisa et perçut la trace d'un parfum vulgaire, de mauvaise qualité. Puis son attention fut attirée par la flamme de la bougie qui vacillait comme s'il y avait du vent.

Higgins mit la main entre la flamme et le mur, ressentant effectivement un souffle d'air. S'approchant de la paroi, il l'examina pierre par pierre en s'aidant de la lumière de la bougie. Le souffle d'air provenait d'une longue fissure en forme de S qu'il suivit du doigt en partant du haut. Lorsqu'il parvint à l'extrémité de la boucle inférieure, il appuya de toutes ses forces sur les pierres traversées par le S. Le mécanisme se déclencha. Higgins s'engagea dans l'étroite ouverture qui donnait accès à un escalier très raide taillé à l'intérieur du mur et le descendit marche après marche, puisqu'il n'y avait pas d'autre issue possible. Trois minutes plus tard, environ, repoussant une tapisserie suspendue par des crochets, il déboucha non loin de la cheminée du bureau de Duncan Mac Gordon. Ainsi, le sanctuaire qu'il avait réservé à Andrew Wallis communiquait directement avec l'antre du seigneur.

Higgins illumina un chandelier et s'installa dans le fauteuil du maître du clan.

Le bilan s'imposait de lui-même : la mort d'Andrew Wallis n'était pas accidentelle, et l'assassin avait pris soin de l'enfermer pendant sa crise de delirium, puis avait dissimulé la clef. Pendant que Higgins parlementait de l'autre côté de la porte fermée, il avait traversé le bureau de Duncan Mac Gordon, utilisé le passage secret montant jusqu'à la petite pièce sous les combles, s'était emparé de la grande gaule et avait poussé Andrew Wallis dans le vide. L'arme du crime avait disparu. Mais pourquoi l'assassin s'était-il donné la peine d'attirer Higgins sur les lieux du meurtre, de l'enfermer dans la pièce et de l'obliger à découvrir le passage secret ?

Autant pour méditer que pour échapper à la porte de l'armoire qui s'ouvrirait fatalement à trois heures du matin, Higgins ne quitta pas le fauteuil de Duncan Mac Gordon.

18

C'est à trois heures du matin que l'ex-inspecteur-chef de Scotland Yard fut éveillé en sursaut par un crissement anormal. Dès le premier regard, il distingua une forme penchée vers l'âtre de la cheminée.

– Madame Mac Gordon… Déjà levée ?

Sans se retourner, Kathrin Mac Gordon nourrit le feu d'une grosse bûche.

– Je me suis réveillée il y a quelques minutes et je suis venue ici, comme chaque nuit. Je vous ai vu endormi, risquant de prendre froid ; vous ne voulez plus coucher dans votre chambre ?

Higgins s'étira avec discrétion.

– Connaissez-vous le passage secret qui fait communiquer le bureau de votre mari avec la pièce réservée à Andrew Wallis ?

Kathrin Mac Gordon interrompit son geste et se tourna vers Higgins. La lumière douce des bougies et l'éclat plus cru des flammes dansant dans la cheminée éclairaient son visage de lueurs étranges, lui donnant l'allure d'une magicienne aux prises avec des forces obscures.

– C'est une plaisanterie, inspecteur ?

– L'entrée en est située tout près de vous. Je vais vous montrer.

Higgins s'exécuta, déclenchant le mécanisme derrière la tapisserie. Kathrin Mac Gordon sembla étonnée.

– Je vous jure que j'ignorais tout.

– Vous connaissez d'autres dispositifs semblables, dans ce château ?

– Non, vraiment non !

Les mains croisées derrière le dos, Higgins contemplait le feu.

– Je ne peux l'affirmer avec certitude, mais il est possible que l'assassin de votre mari soit aussi celui d'Andrew Wallis. En tout cas, il a profité de la confusion qui régnait pendant son exhibition pour emprunter ce passage secret et le pousser dans le vide.

– Malheureusement pour moi, intervint Kathrin Mac Gordon, j'étais souffrante... ou je feignais de l'être ! J'aurais pu sortir de mon lit, assassiner Andrew et retourner me coucher sans être vue, alors que les autres membres du clan ont un alibi.

Un alibi... N'exagérons rien ! rectifia Higgins. Je les ai tous perdus de vue à un moment ou à un autre. Mais il est vrai que personne ne peut confirmer que vous êtes restée dans votre lit.

– Personne, en effet... Et me voilà héritière de toute la fortune du clan. Quand m'arrêterez-vous, inspecteur ?

Kathrin Mac Gordon cherchait à mettre une pointe d'ironie dans son expression, sans parvenir à maîtriser un tremblement nerveux qui la faisait frissonner.

– Lorsque j'aurai percé les mystères de ce château, madame. J'aurais aimé éviter la mort d'Andrew Wallis, mais je n'en avais pas les moyens. Je n'ai pas encore compris comment la mort agit en ces lieux et sais simplement que je suis manipulé par l'assassin depuis que j'ai franchi la porte de cette demeure.

– Et si...

Higgins se tourna vers Kathrin Mac Gordon :

— Et si ?

— Non, rien. Duncan est mort, rien ne le fera revenir parmi nous. Il ne reste plus que le silence.

— Ce n'est pas mon avis, objecta Higgins ; j'ai toujours cru que l'âme d'un être assassiné ne reposait pas en paix tant que la vérité n'était pas connue. J'ai une requête très délicate à vous présenter, madame.

Kathrin Mac Gordon recula d'un pas. L'homme du Yard avait l'air si grave et si décidé qu'elle eut presque peur.

— Je ferai de mon mieux pour vous satisfaire. De quoi s'agit-il ?

— Je souhaite fouiller immédiatement votre chambre, hors de votre présence.

*

* *

Les investigations de Higgins durèrent une bonne heure. Lorsqu'il revint dans le bureau, Kathrin Mac Gordon n'eut pas la moindre réaction. Elle avait placé un fauteuil près de la cheminée et s'y était installée, les mains jointes posées sur les genoux, le regard absent.

— Madame Mac Gordon… Je suis embarrassé.

— Avez-vous découvert quelque chose de si compromettant ?

— Je le crains ; pourriez-vous m'expliquer la présence d'une grande gaule dans votre armoire ?

— Vous voulez parler de cette longue tige de bois avec un embout métallique ?

— Exactement.

— Rien de mystérieux : Duncan s'en servait pour son entraînement quand il était adolescent, et la lançait le plus loin possible. Ensuite, il est passé aux troncs d'arbre ; je vous ai dit qu'il était le recordman d'Écosse de la spécialité.

La lumière argentée de la lune éclaira un vitrail, répandant une traînée blafarde.

— Je vous crois volontiers, mais cette gaule se trouvait dans la petite pièce sous les combles, avant la mort d'Andrew Wallis. L'assassin l'a fait disparaître, car c'est avec elle qu'il a poussé Andrew dans le vide. « Disparaître » n'est pas le terme exact, puisque la gaule était cachée dans votre chambre.

Kathrin Mac Gordon se révolta.

— Cachée ? Pas du tout ! Voilà bien des années qu'elle a été oubliée là ! Ce n'est d'ailleurs pas la seule du château ; il y en a au moins quatre ou cinq semblables au grenier.

Higgins salua mentalement l'habileté de l'assassin : impossible d'identifier la gaule qu'il avait utilisée. Il avait probablement mis des gants, et la recherche d'empreintes ne mènerait à rien.

— Pardon de vous avoir importunée, s'excusa Higgins ; il ne s'agissait donc que d'une coïncidence désagréable. Mais pourquoi le pull-over marron d'Andrew Wallis était-il rangé dans votre commode ? C'est celui qu'il portait la nuit où je l'ai rencontré pour la première fois, alors qu'il était ivre et frappait à la porte du bureau de Duncan. Impossible de se tromper : sa taille ne correspond pas à celle de vos propres pulls.

Kathrin Mac Gordon, d'un revers de la main, remit en place une mèche de cheveux.

— C'est tout simple, inspecteur : le pull-over d'Andrew était trempé. Il pleuvait quand il est rentré au château, après la nuit passée au pub, et ce pauvre garçon ne portait pas d'imperméable, comme d'habitude. Comme il ne voulait rien devoir à Alice Brown, il m'a confié ce vêtement auquel il tenait beaucoup. Je l'ai fait sécher et l'ai repassé moi-même ; Alice vous le confirmera. Je comptais le lui remettre.

Des bougies achevaient de se consumer. Le bureau de Duncan Mac Gordon avait l'allure d'un caveau funéraire.

— Merci d'avoir accepté ce pénible devoir, madame Mac Gordon. Vous m'avez aidé à progresser, et je vous souhaite une bonne fin de nuit.

— 19 —

Le café d'Alice Brown était détestable, les toasts calcinés.
Seule la marmelade d'oranges amères était acceptable. Levé
vers neuf heures afin de recouvrer quelques forces après une
nuit éprouvante, Higgins avait été fort mal accueilli à la
cuisine. Alice Brown posa sur la table un œuf à la coque.

– Madame Mac Gordon et Andrew Wallis étaient-ils
réellement en bons termes ? interrogea-t-il.

– Ça ne me regarde pas.

– Je ne vous demande pas de ragots, mademoiselle
Brown, mais des faits ; votre témoignage est essentiel. Pour
être clair, existait-il une affection profonde, voire très profonde, entre ces deux personnes ?

– Je n'en sais rien.

Higgins décolleta son œuf. Le coup qu'il imprima avec
le tranchant de sa petite cuillère fut sans doute trop appuyé,
car le haut de la coquille atterrit sur la manche gauche de
sa veste.

– Comme je suis maladroit ! Si j'osais vous demander
un chiffon mouillé…

Alice Brown haussa les épaules, alla chercher une serviette
dont elle avait humecté les angles, se pencha sur Higgins
et nettoya sommairement la manche souillée. L'intendante
était imprégnée de lavande artificielle.

– Il restera des traces ; vous feriez bien de donner votre veste à un pressing.

– Je n'y manquerai pas, dès que mon enquête sera terminée. Voyez-vous, mademoiselle, aujourd'hui sera un jour décisif. Si mes déductions sont exactes, je connaîtrai ce soir le nom de l'assassin, à condition que le destin me fasse un simple sourire.

– Le destin ne fait jamais de cadeau, critiqua Alice Brown. Vous déjeunez au château ?

– Non, je n'en aurai pas le temps. Quand vous avez recherché la clef de la porte métallique, mademoiselle Brown, avez-vous vu l'un des membres du clan monter au premier étage ?

– Non, personne : j'étais trop occupée.

– Connaissiez-vous l'existence d'un passage secret entre le bureau de Duncan Mac Gordon et la pièce réservée à Andrew Wallis ?

– J'ai du travail, inspecteur. Je veux bien répondre à vos questions, à condition qu'elles soient sérieuses. Je connais ce château mieux que personne : il n'y a ni fantôme ni passages secrets dans cette demeure, seulement un clan écossais qui voudrait vivre en paix.

Alice Brown tourna les talons, s'empara d'un balai et partit faire le ménage. Higgins repoussa les restes de son misérable petit-déjeuner, sortit son carnet noir, tailla son crayon et prit deux pages de notes d'une écriture fine et précise. Des pièces essentielles du puzzle venaient de se mettre en place. Mais Higgins n'était pas homme à se contenter d'à-peu-près ; même si l'un des coins du voile s'était levé, il ne fallait céder à aucune certitude prématurée.

Une odeur bizarre importuna ses narines. Il se leva et s'approcha de la cuisinière. Du papier brûlé… Il vit se consumer les derniers restes du livre de comptes qu'il avait consulté dans le bureau de Duncan Mac Gordon.

Le téléphone sonna. Alice Brown décrocha le combiné et prévint Higgins que Scotland Yard le demandait. L'ex-inspecteur-chef reconnut aussitôt la voix tonitruante de Babkocks, le légiste auquel il avait confié l'autopsie de Duncan Mac Gordon.

— Terminé, annonça-t-il, et pas le moindre doute : ce colosse a été terrassé par un dérivé amélioré de l'adriblastine, plus simple à manipuler mais affreusement efficace. Tu vois ce que ça signifie…

— Et le chien ?

— Même procédé.

— Mille mercis, Babkocks ; tu me rends un fier service.

— Penses-tu, un travail de débutant ! Je t'envoie un rapport complet. Moi, j'ai soif et je vais vérifier s'il y a toujours du whisky en Écosse.

Les conclusions du spécialiste étaient essentielles ; à présent, Higgins pourrait enfin prendre l'initiative et cesser d'être manipulé par un assassin qui tentait de l'emmener sur des chemins sans issue.

Higgins examina avec soin les pièces où s'étaient déroulés les événements : le grand hall, le bureau de Duncan Mac Gordon, la chambre d'Andrew Wallis, la petite pièce sous les combles, sa propre chambre. Puis il frappa à la chambre de Kathrin Mac Gordon. Vêtue d'une jupe noire et d'un corsage rouge, elle lui ouvrit presque aussitôt.

— Pour vous comme pour moi, cette journée sera décisive, annonça Higgins.

— Vous avez des éléments nouveaux, inspecteur ?

— J'ai besoin d'une précision : n'avez-vous pas remarqué des attitudes bizarres dans le comportement de Duncan, ces dernières semaines ?

Kathrin Mac Gordon porta la main droite à sa gorge.

– Quel genre d'attitudes ?

– Des changements d'habitudes, par exemple ; ne sautait-il pas des repas, ne recherchait-il pas davantage de solitude, ne souffrait-il pas d'insomnies, ne vous est-il pas apparu comme un homme… différent ?

– Pas du tout. Duncan est resté semblable à lui-même depuis le jour où nous nous sommes rencontrés. C'était un être rassurant, fidèle, attaché à l'idéal de son clan ; si vous avez réellement été son ami, vous le savez aussi bien que moi.

Higgins hocha la tête, pensif.

– Avant que je n'entreprenne les démarches qui me mèneront à la vérité, n'avez-vous rien à me révéler ?

– Entreprenez vos démarches, inspecteur. Il n'y a pas d'autre solution.

– Puisque j'ai votre assentiment, madame, j'irai jusqu'au bout. Avec toutes les conséquences que cela implique.

Kathrin Mac Gordon sourit et referma doucement sa porte.

L'ex-inspecteur-chef sortit du château des Mac Gordon après s'être promené autour du cairn et avoir observé le château depuis la grande cour. Il goûta le silence des lieux et s'engagea sur le sentier qui descendait vers le village de Landonrow.

Il ne pleuvait pas, le soleil filtrait à travers des nuages en forme de moutons. Higgins eut presque envie de s'égarer dans la campagne, de passer sa journée au milieu des bruyères et d'oublier la gent humaine. Si Duncan Mac Gordon n'avait pas compté au nombre de ses plus fidèles amis, l'ex-inspecteur-chef aurait cédé à la tentation. Mais il était un homme de devoir ; la dure journée qu'il allait s'imposer pour découvrir la vérité avait valeur d'hommage au compagnon de route disparu.

En marchant vers Landonrow, Higgins se remémora quelques points essentiels de l'enquête. D'abord, le triple meurtre : l'empoisonnement de Duncan Mac Gordon, de son chien, et l'« accident » d'Andrew Wallis, projeté dans le vide par une main criminelle. Ensuite, la présence d'un clan dont les membres étaient apparemment unis pour s'opposer à leur nouveau chef, Kathrin Mac Gordon, une femme énigmatique, tantôt forte, tantôt fragile, qui héritait d'une fortune considérable après la mort de son mari et celle d'Andrew Wallis. Les meurtres étaient-ils liés ? Y avait-il un ou plusieurs assassins ? Et pourquoi, après avoir fouillé sa chambre, avait-on manipulé Higgins, l'obligeant à découvrir un passage secret que personne ne semblait connaître ? De quel mystère étaient porteurs les membres du clan refusant de parler d'une soirée capitale où Duncan Mac Gordon avait révélé des décisions qui avaient proba-blement entraîné sa mort ?

Kathrin Mac Gordon… L'énigme. Bien des indices la désignaient comme coupable. Il lui avait été possible d'agir lors des trois assassinats. Ses mobiles étaient simples : richesse et puissance. L'accuser était logique. Mais cette logique-là suffirait-elle à expliquer les tragiques événements survenus au château ?

Higgins avait décidé de porter le fer là où on ne l'attendait pas. En arpentant la rue principale de Landonrow, il savait à présent comment procéder pour découvrir la vérité.

20

Sur la place du village, le vieil Écossais à la pipe regarda venir Higgins. Il appréciait la lenteur mesurée de l'homme du Yard. « À ce train-là, pensa l'Ancien, il arrivera fatalement quelque part. »

– Bonjour, dit Higgins ; le docteur Scinner est-il chez lui ?

– Exact, répondit le vieux ; je ne l'ai pas vu sortir ce matin. À croire qu'il dort encore. Vous avancez, dans votre enquête ?

– D'une certaine manière. Bonne journée.

« Un malin », apprécia l'Ancien en contemplant Higgins qui sonnait à la porte de la demeure du docteur Scinner. « Un malin et un obstiné. On croirait presque un Écossais. » Higgins patienta plus de trois minutes. C'est un Michael Scinner mal rasé, la chemise ouverte, le pantalon fripé, les pantoufles percées, qui lui ouvrit.

– Vous voulez me voir ? demanda-t-il, contenant un bâillement.

– Nous pourrions peut-être converser à l'intérieur ?

Michael Scinner grogna. D'un geste vague, il invita Higgins à entrer et claqua la porte.

– À droite, le salon, indiqua-t-il avec une agressivité mal maîtrisée.

Si la demeure du docteur Scinner avait connu des jours de gloire, ceux-ci étaient évanouis dans un passé déjà lointain. Sur les murs, un papier peint verdâtre piqueté de taches d'humidité ; au sol, un linoléum gondolé. Dans le salon, un tapis de provenance douteuse, deux fauteuils de cuir râpés, une table gigogne aux pieds branlants. Sur le bras de l'un des fauteuils, un pantalon tirebouchonné. Au pied de la cheminée apparemment hors d'usage, une chemise roulée en boule. Une odeur de tabac froid empuantissait l'atmosphère de la pièce ; l'hygiène et la propreté ne semblaient pas être les soucis dominants du docteur Michael Scinner.

– Asseyez-vous, inspecteur. Qu'est-ce que vous me voulez ?

Pendant que son interlocuteur, semi-comateux, s'avachissait dans un fauteuil, Higgins fureta ici et là, soulevant des vases au col poussiéreux, regardant à l'intérieur de la trousse médicale posée ouverte sur une commode en bois blanc, examinant une aquarelle accrochée au mur et représentant le château des Mac Gordon.

– Bavarder un peu, avoua Higgins bonhomme, continuant à déambuler à la manière d'un chat qui explore un nouveau domaine. Pratiquez-vous encore beaucoup d'avortements clandestins, docteur Scinner ?

Michael Scinner se leva à demi, ses mains crochant comme des serres les bras du fauteuil dont elles firent crisser le cuir fatigué. Un tic agita ses paupières. D'une pâleur de cadavre, il demeura ainsi, mi-debout, mi-assis.

– Comment osez-vous…?

– Je n'ose rien, docteur, je constate. La moitié des instruments de votre trousse ne peuvent servir qu'à cette coupable industrie. Je ne suis pas un grand spécialiste de la question, mais, de mon temps, les jeunes inspecteurs de Scotland Yard apprenaient à reconnaître ce genre d'objets.

Michael Scinner s'affaissa, protester lui parut inutile. La puissance tranquille de Higgins s'imposait à lui comme celle d'un père à son fils. S'il s'était laissé aller, Michael Scinner lui aurait bien tout confessé. Mais il y avait le clan... le clan Mac Gordon, qui ne pardonnait rien.

— D'accord, inspecteur, j'ai procédé à quelques avortements clandestins, c'est vrai. Mais c'était pour aider de pauvres filles de la campagne.

— Très émouvant, apprécia Higgins, inspectant la cheminée. Je reconnais là vos qualités de cœur.

— On m'a dénoncé ! hurla soudain le docteur, restant calé dans son fauteuil comme s'il y trouvait un refuge. C'est Kathrin, n'est-ce pas ?

Higgins ouvrit des yeux étonnés.

— Curieuse idée, docteur, mais sait-on jamais ? Les êtres humains sont imprévisibles. Quand les masques tombent, on découvre souvent de curieux visages. À propos de ces avortements...

— J'ai des révélations à faire, déclara Michael Scinner, regardant ses chaussons percés.

Higgins était sensible aux odeurs ; celle du tabac froid l'incommodait au plus haut point.

— Il y a quelques années, Kathrin est venue me consulter, continua le docteur Scinner d'une voix, aigrelette. Pour motif grave.

Le médecin s'interrompit, guettant la réaction de Higgins lequel s'assit dans l'autre fauteuil, après avoir ôté les sous-vêtements qui l'encombraient.

— Je ne voudrais violer ni votre conscience, docteur, ni le secret professionnel.

— Ce soir d'hiver, avant le dîner, Kathrin était entrée chez moi sans frapper. Elle n'était pas habillée comme d'habitude et s'était couverte d'un châle appartenant à Alice

108

Brown. Ça m'a étonné, mais je n'ai pas posé de questions. Kathrin m'a dit qu'elle étouffait, qu'elle avait des vertiges, des envies brutales de fruits exotiques… Je n'ai pas mis longtemps à comprendre. Elle était enceinte et ne pouvait en parler à Duncan. J'ai pris ma trousse. Elle a reculé, s'est plaquée au mur, effrayée. « Pardonnez-moi, Michael, a-t-elle dit, j'ai peur, je n'arrive pas à me décider. Je reviendrai. » Puis elle s'est enfuie. Je ne l'ai revue qu'un mois plus tard. Elle avait effectué un court voyage à Londres, soidisant pour s'occuper de ses affaires personnelles. En tout cas, elle n'était plus enceinte… Concluez vous-même, inspecteur.

– Troublant, admit Higgins ; vous supposez que Mme Mac Gordon avait préféré un avorteur londonien ?

– Je n'affirme rien, mais les faits sont là.

– Merci pour votre sincérité, docteur. Si j'osais, je vous demanderais si vous avez une hypothèse sur l'identité… du père ?

– Difficile à dire… Sûrement pas quelqu'un d'ici. Kathrin est une femme secrète.

– Autant que votre regrettée épouse ? demanda Higgins d'une voix suave.

– Pardon ?

Michael Scinner se dressait de nouveau sur ses ergots.

– Je me suis laissé dire que feu Mme Scinner était morte dans des circonstances… fâcheuses.

– Mais pas du tout ! Une mauvaise jaunisse et une congestion foudroyante que j'avais parfaitement diagnostiquées !

– Mais pas parfaitement soignées, ajouta Higgins. Vous n'avez pas pensé à demander l'aide d'un confrère, docteur ?

– À quoi bon ? J'avais le nécessaire pour la sauver.

N'importe quel médecin aurait été surpris par l'aggravation rapide et imprévisible du mal.

— De bien tristes souvenirs ; avez-vous conservé le dossier médical ?

— Ma foi non… J'avais d'autres soucis en tête que la paperasse.

— Naturellement, admit Higgins qui se demandait comment un homme pouvait vivre dans un pareil décor et supporter une atmosphère aussi étouffante. J'aimerais revenir sur cette soirée où Duncan Mac Gordon avait convoqué au château tous les membres du clan. Après que Duncan vous a annoncé son intention de modifier son testament, il vous a bien reçu dans son bureau, l'un après l'autre ?

Une lueur d'affolement hanta le regard du docteur Scinner.

— Je ne crois pas…

— Je possède une liste très instructive, indiqua Higgins, sévère. Une série de prénoms qui révèle l'ordre selon lequel vous avez comparu devant Duncan Mac Gordon.

— Comparu… Ce n'est pas le mot exact, objecta le docteur Scinner. Il s'agissait d'un simple entretien.

— À qui succédiez-vous et qui vous succédait ?

— Avant moi, il y avait Barbara Multon et après moi son mari, David, le brigadier-chef.

— Curieux, nota Higgins ; ils n'étaient pas venus ensemble ?

— Non. Quand Duncan ordonnait, il fallait obéir ; ce n'était pas un homme commode. Il nous avait demandé de venir un à un, seul, à vingt minutes d'intervalle.

— À quelle heure était fixé votre propre rendez-vous ?

— Minuit juste. Il ne plaisantait pas avec l'horaire et a même vérifié à sa pendule.

— Comment l'avez-vous trouvé ce soir-là ?

– Comme d'habitude : cassant, autoritaire.

– Puisque vous êtes en veine de confidences, docteur, pourrais-je connaître la teneur de votre conversation ?

– Rien que de très banal : il m'a félicité de mon dévouement au clan. Nous avons parlé de sa santé et du prochain concours de lancer de troncs d'arbre. Il m'a aussi annoncé qu'il avait de grands projets pour l'avenir du clan et qu'il comptait sur chacun de ses membres pour l'aider.

– Ne vous a-t-il pas demandé votre avis sur son changement de testament ?

– Non, ce n'était pas son genre.

– Pauvre Duncan, soupira Higgins ; un homme si généreux...

– Généreux, Duncan ? Vous plaisantez ! Si jamais un Écossais a mérité une réputation de pingrerie, c'était bien lui ! Vous voyez le cadre dans lequel je vis ? Vous croyez qu'il n'aurait pas pu épauler davantage le médecin du clan ? C'était le chef, d'accord, mais il n'avait pas que des qualités.

Higgins se leva.

– Jennifer Scinner est bien votre sœur ?

Le docteur Michael Scinner ne s'attendait pas à une question aussi simple.

– Mais oui... qu'est-ce que...

– N'auriez-vous pas exercé sur elle... votre spécialité ?

Une succession de sentiments défila sur le visage crispé du praticien : surprise, indignation, doute et, enfin, un éclat de rire nerveux.

– Si vous connaissiez ma sœur, inspecteur, vous n'auriez pas ce genre de soupçons ! Elle n'a jamais couru le risque d'être enceinte !

– Merci de votre coopération, docteur, je vous laisse.

Dès que la porte donnant sur l'extérieur claqua, le docteur Scinner composa un numéro de téléphone, obtint son correspondant et parla à voix basse, comme si Higgins était encore dans la maison. Ce qui était d'ailleurs le cas, car l'ex-inspecteur-chef avait fait une fausse sortie et se trouvait dans le couloir, d'où il ne put malheureusement rien entendre d'intéressant. Il n'en fut pas trop contrarié, car il savait à qui Michael Scinner téléphonait. Avant qu'il ne raccrochât, Higgins quitta la triste demeure et referma la porte derrière lui, sans le moindre bruit.

21

Higgins achevait de prendre des notes sur son carnet noir, avec le crayon qu'il venait de tailler, lorsque le vieil Écossais, tirant sur sa pipe, s'approcha de lui. Les deux paumes sur sa canne, calée entre deux pavés, il s'installa, goguenard.

— Vous aviez des difficultés à trouver la sortie, inspecteur ?

— Seriez-vous assez aimable pour m'indiquer la maison de Jennifer Scinner ?

— Après le frère, la sœur… C'est à l'extrémité ouest du village. Le plus sale coin. Prenez la ruelle entre les deux maisons, là-bas, et filez tout droit pendant deux cents yards environ. Vous tomberez sur une bâtisse en brique.

Higgins remonta le col de son imperméable et ôta sa casquette pour saluer l'Ancien, qui ne le quitta pas des yeux pendant qu'il s'éloignait.

*

* *

La demeure de Jennifer Scinner était la plus laide et la plus sinistre de Landonrow. Au pied de la colline où était érigé le château du clan, elle semblait écrasée par la puissante bâtisse. Higgins monta les marches d'un perron mal dessiné, et sonna. Jennifer Scinner, qui devait le guetter, ouvrit presque aussitôt.

– Entrez donc, inspecteur. Que me vaut le plaisir de cette visite ?

– Le simple désir de mieux vous connaître, chère madame.

Le regard de Jennifer Scinner se durcit.

– Vous êtes cachottier, inspecteur... C'est plutôt pour votre enquête, n'est-ce pas ?

– Vous êtes d'une perspicacité redoutable, avoua Higgins.

Jennifer Scinner le précéda à l'intérieur de sa demeure. Une évidence s'imposa : la sœur de Kathrin Mac Gordon avait tenté de reconstituer le château en miniature, tant par la disposition des pièces que par la décoration.

– Si nous nous installions dans le grand hall, inspecteur ?

Le « grand hall » était une pièce oblongue d'un mètre cinquante de large sur trois mètres de long, pourvue de faux vitraux et de boiseries en contre-plaqué.

– Venons-en au fait, inspecteur ; je suis une femme très occupée : mes affaires m'attendent.

– Je viens d'avoir une longue et passionnante conversation avec votre frère, le docteur Michael Scinner.

– Ah ? s'étonna Jennifer ; que vous a-t-il donc appris de si intéressant ?

– Nous avons beaucoup parlé du clan et de cette étrange soirée où Duncan Mac Gordon vous a reçus, les uns après les autres, à la suite de son annonce officielle...

Jennifer Scinner sourit, hautaine.

– Michael vous a avoué cela ? Ce n'est pas plus mal, après tout... Nous aimons bien garder les petits secrets du clan, mais il n'y avait rien de bien méchant lors de ces entretiens successifs ! Duncan avait le sens de la mise en scène. J'ai succédé à Mark Orchard, le notaire, et j'ai précédé Kathrin. Duncan a été fort courtois avec moi ; il me respectait et m'appréciait. Il m'a fait comprendre avec beaucoup de délicatesse que son mariage avait sans doute été une erreur. Aujourd'hui, la vérité peut être confessée : en épousant ma sœur, c'est moi qu'il désirait conquérir. À nous deux, nous aurions possédé la presque totalité des terres de Landonrow et de ses environs.

— À ce point ? s'étonna Higgins.

— Mais oui, se rengorgea Jennifer Scinner, tentant d'adopter le port de tête d'une grande dame.

Il régnait dans cet intérieur en trompe-l'œil une odeur de cire plutôt désagréable. Jennifer Scinner devait être une fanatique du ménage.

— Ce que m'a également avoué votre frère, ce sont ses coupables pratiques…

— Pourquoi, coupables ? s'indigna-t-elle. Il n'a fait que son devoir ! Michael est un garçon dévoué, d'une grande droiture ; tout le monde ne peut pas en dire autant.

— Vous pensez à quelqu'un en particulier ? avança Higgins.

Jennifer Scinner lui tourna le dos, se plaçant face à un faux vitrail.

— Duncan Mac Gordon a beaucoup souffert. Son mariage a été une regrettable erreur.

— Vous avez une preuve de ce que vous avancez, mademoiselle Scinner ?

— Kathrin est ma sœur. Je n'ai pas le droit de dire ce que je sais.

— Vous en avez le devoir, objecta Higgins.

— Kathrin a eu de graves soucis d'argent, l'année dernière. Elle est venue m'en emprunter ; bien entendu, je ne lui ai pas demandé pour quelle raison elle avait besoin de cette somme. Je lui ai simplement fait remarquer qu'il était imprudent de cacher cette situation à son mari.

– Que vous a-t-elle répondu ?

– Il était hors de question que Duncan fût informé de sa démarche. J'avoue avoir été troublée et j'ai pris mes précautions en lui faisant signer une reconnaissance de dettes. Désirez-vous la voir, inspecteur ?

Higgins examina le document écrit et signé par Kathrin Mac Gordon, qui reconnaissait devoir deux mille livres à sa sœur Jennifer.

– Pourquoi Mme Mac Gordon ne disposait-elle pas de cette somme ?

– Je l'ignore, répondit Jennifer Scinner ; Kathrin est une femme très mystérieuse. Elle a toujours eu de gros besoins d'argent, et Duncan était… disons : économe. Je suppose que cette reconnaissance de dettes n'est que la partie émergée de l'iceberg. Cela me navre, inspecteur, mais… je crois que Kathrin mène une double vie. Tout cela finira mal.

– En savez-vous davantage ?

Jennifer Scinner baissa la tête. Des larmes lui montaient aux yeux.

– Je n'ai pas l'habitude de m'occuper des affaires d'autrui, inspecteur.

– Les vôtres vont bien, chère madame, semble-t-il… Vous continuez à investir dans la terre ?

Les joues de Jennifer Scinner rougirent ; un instant désarçonnée, elle reprit le contrôle d'elle-même.

– Je m'attache surtout à la gestion. Les temps sont difficiles pour tout le monde.

– Higgins éprouvait de la peine à respirer, tant l'odeur de cire l'incommodait.

– Pardonnez-moi cette question indiscrète, madame… Avez-vous eu recours aux services de votre frère Michael ? Je veux dire : dans sa spécialité ?

Jennifer Scinner crut que le parquet de son « grand hall » s'écroulait sous ses pieds. Elle porta sa main à sa gorge, comme pour reprendre son souffle ; jamais personne ne lui avait manqué à ce point de respect comme cet odieux inspecteur de Scotland Yard.

Higgins attendit que son interlocutrice eût repris contenance.

— Inspecteur... inspecteur... J'ai dû mal comprendre !

— Vous êtes libre de ne pas me répondre.

Recouvrant toute son autorité, Jennifer Scinner se campa au milieu de la pièce, les mains jointes devant elle, le regard fier, la mine altière.

— Je suis une femme honnête et je ne permettrai à personne de mettre en doute ma respectabilité. Si ma parole ne vous suffit pas, allez donc consulter le pasteur.

— J'y vais de ce pas, dit Higgins en fermant son carnet noir.

Outrée, Jennifer Scinner tourna le dos au policier.

— Décampez !

L'ex-inspecteur-chef fit mine de se soumettre.

Vu l'état de son interlocutrice, il s'attendait à une réaction immédiate et ne fut pas déçu.

Accomplissant de nouveau une fausse sortie, il demeura sur le seuil de la sinistre maison, puis revint sur ses pas pour entendre la fin d'une brève conversation téléphonique :

« ... et surtout, ne parlez pas des titres ! »

Sèchement, Jennifer Scinner raccrocha.

Silencieux comme un chat, Higgins s'éclipsa.

22

Higgins poussa la porte du pub de Landonrow, d'une part parce qu'une petite faim lui tiraillait l'estomac, d'autre part parce qu'il espérait y recueillir quelques échos intéressants.

À peine avait-il fait un pas à l'intérieur de *la Licorne* que toutes les conversations s'interrompirent. Noyée dans une fumée provenant de fourneaux de pipes où se consumait du tabac noir, violant l'interdiction moderne de fumer dans les pubs, la grande pièce était occupée par une dizaine d'agriculteurs qui reprenaient des forces avant de repartir au travail. Au milieu de ces rudes Écossais à la mine fermée, une présence insolite : celle de Barbara Multon.

Seule à une table, elle buvait à petites gorgées une chope de bière brune. La tête penchée, l'épouse du brigadier semblait perdue dans un rêve, insensible aux regards qui s'attardaient sur elle.

— Puis-je m'asseoir à votre table ? demanda Higgins d'une voix douce, pour ne pas arracher trop brutalement la jeune femme à ses pensées.

Barbara Multon réagit avec lenteur, esquissant un geste de la main que Higgins interpréta comme un assentiment. Il tira une chaise et s'assit.

— Ne vous sentez-vous pas un peu isolée, madame ?

– Voilà longtemps que les femmes sont admises dans les pubs, inspecteur.

Le patron déposa d'autorité devant Higgins une mesure de whisky et le plat du jour, le *cock-a-leekie,* une spécialité typiquement écossaise où se mêlaient du poulet cuit et des poireaux.

– On paye d'avance. Trois livres.

Higgins s'exécuta, sans cesser d'observer la jeune femme dont le désarroi était perceptible.

– Nous vivons de bien tristes événements, constata-t-il ; vous-même avez l'air déprimée.

Barbara Multon esquissa un sourire charmeur ; son spleen s'atténuait. Elle venait souvent au pub pour chasser ses moments de cafard, car la présence des hommes était son meilleur remède. Elle prenait soin de se vêtir en mélangeant le charme féminin et une certaine virilité, pour ne pas trop heurter l'assemblée où elle avait été admise. Un pantalon de toile brune et des chaussures de marche marquaient la concession à cette exigence, tandis qu'une blouse lilas dont les deux premiers boutons étaient défaits rappelait, si besoin était, que l'épouse du brigadier Multon était une femme ravissante, aux charmes indéniables.

– Déprimée ? Non. Mais vous comprendrez que la mort de Duncan Mac Gordon...

Higgins approuva d'un mouvement de tête. Tout en mâchant avec soin une première bouchée de *cock-a-leekie,* il nota que Barbara Multon avait oublié deux autres disparitions tragiques : celles d'Ivanhoe, le chien de Duncan, et d'Andrew Wallis.

– Votre mari m'a tout révélé sur cette curieuse soirée où Duncan Mac Gordon a reçu chaque membre du clan en particulier, suivant un ordre précis.

Barbara Multon rosit, ses fossettes formèrent un creux délicieux animant un visage presque angélique. Elle but une longue gorgée de bière brune.

Higgins ressentit une désagréable brûlure qui lui enflamma le palais : le patron du pub avait saboté les poireaux en y ajoutant du piment… Manœuvre d'intimidation qu'il aurait dû prévoir ! Indication précieuse, aussi : la population de Landonrow avait sans doute plus à perdre qu'à gagner à la découverte de la vérité. On souhaitait le départ rapide du policier.

— Duncan Mac Gordon vous a convoquée après le pasteur Peter Littlewood et avant le docteur Michael Scinner. Vous reconnaissez les faits ?

Barbara Multon vacillait. Elle avait peur de cet homme tranquille, trop aimable ; Higgins lui faisait penser à un confesseur ou à un charmeur de serpents aux envoûtements imparables.

— Je… Oui, c'est vrai, Duncan m'a reçue en tête à tête, à partir de vingt-trois heures quarante, comme il me l'avait ordonné.

— De quoi avez-vous parlé, madame Multon ?

— Cela ne vous regarde pas, inspecteur. Ma vie privée ne concerne que moi.

La jeune femme parlait à mi-voix pour éviter d'être entendue par les multiples paires d'oreilles des consommateurs qui en oubliaient de boire et de manger. Higgins observa que ces villageois étaient doués pour la pratique du regard en coin.

— Je vous le concède volontiers, admit-il, dans la mesure où elle n'est pas mêlée à un meurtre.

— Inspecteur, protesta-t-elle, si vous saviez…

— Je ne demande que cela, madame Multon.

Le patron du pub remplaça les chopes ; c'était la coutume, tous les quarts d'heure. Bien que Higgins n'eût point touché à la sienne, il en reçut une nouvelle.

– Duncan Mac Gordon était fou amoureux de moi, confessa Barbara Multon. Vous comprendrez que je désire garder le secret des derniers moments que nous avons passés ensemble.

Négligemment, la jeune femme ouvrit plus largement sa blouse lilas, découvrant la naissance d'une poitrine qui se soutenait fort bien elle-même sans l'aide d'accessoire de lingerie.

– Auriez-vous une sorte de preuve de ce que vous avancez ?

Barbara Multon était outrée ; ses yeux noisette virèrent au noir agressif.

– Vous ne me croyez pas, inspecteur ? Vous avez tort ! Une preuve ? Oui, il en existe une. Une lettre d'amour. Vous la trouverez au château. Au fond du tiroir de gauche du bureau de Duncan, il y a une cache, connue de moi seule, et pour cause… Ouvrez-la, vous comprendrez quels liens nous unissaient.

– Kathrin Mac Gordon était-elle au courant de cette liaison ?

La jolie Barbara hésita.

– Il n'est pas facile de cacher un amour à Landonrow… Kathrin était folle de jalousie !

– Pensez-vous que cette folie aurait pu aller jusqu'au… crime passionnel ?

– Inspecteur ! Jamais je n'ai osé…

– Je suis malheureusement contraint de formuler cette pénible hypothèse, reconnut Higgins. Une femme trompée peut aboutir aux pires extrémités, ne croyez-vous pas ?

Barbara Multon se renfrogna, retroussant son mignon petit nez.

— Le domaine des sentiments n'est jamais simple, analysa Higgins avec tolérance ; je suppose que votre mariage avec le brigadier-chef David Multon ne va pas sans quelques difficultés.

— Que vous a-t-on raconté sur moi, inspecteur ? s'enflamma-t-elle.

Barbara Multon porta la main gauche à l'échancrure de sa blouse, sans pour autant réduire l'angle d'ouverture.

— Je suis très fière de mon mariage, inspecteur ; David est un homme délicieux, d'une grande ouverture d'esprit. Il n'a pas eu la carrière qu'il méritait.

Barbara Multon avait haussé le ton pour que les clients du pub entendent sa déclaration.

— Mon mari a beaucoup aidé Duncan Mac Gordon dans des circonstances… délicates.

— À ce point ? s'étonna Higgins.

Barbara Multon, féline, parla de nouveau à voix basse.

— Je ne suis pas au courant de tout, mais je sais que Duncan a parfois traité des affaires à la limite de la légalité. Un chef de clan n'a pas à s'occuper de tous les détails. Mon mari l'a toujours couvert, et ses services auraient mérité davantage que de simples remerciements.

— Sûrement, reconnut Higgins, mais Duncan Mac Gordon a-t-il si gravement enfreint la loi ? Le brigadier-chef n'aurait-il pas dû prévenir Scotland Yard ?

— Oh, non, non, protesta Barbara Multon. Ce n'étaient que de petites choses locales, mais tout de même ! Ce pauvre David a été bien mal payé de sa fidélité et de sa droiture.

— C'est souvent ainsi, jugea Higgins ; la nature humaine est peu généreuse. Vous avez beaucoup de chance d'avoir épousé un homme tel que le brigadier-chef. En ce qui concerne cette fameuse lettre d'amour, vous m'avez bien dit : le bureau de Duncan, le tiroir de gauche ?

La jeune femme, irritée, prit un temps de réflexion.

— Mais oui, c'est exactement ce que j'ai dit.

— Merci de votre collaboration, madame Multon ; vous m'avez permis de progresser.

Higgins demanda à téléphoner et obtint Scotland Yard, à Édimbourg. Épié par autant de paires d'oreilles qu'il y avait de buveurs de whisky présents, il écouta longuement et prononça quelques mots avant de raccrocher.

— C'est parfait ; merci pour ton remarquable travail, Babkocks. L'inhumation de Duncan Mac Gordon aura donc lieu très bientôt.

23

Higgins sortit du pub *la Licorne*, abandonnant à leur papotage les habitants de Landonrow ; la nouvelle de l'enterrement de Duncan Mac Gordon ne tarderait pas à se propager dans tout le village.

Sur la place, le vieil Écossais fumait sa pipe. Higgins s'arrêta devant lui.

– Bien déjeuné, inspecteur ?

– C'est selon. Le brigadier-chef David Multon est-il toujours à la pêche ?

– Toujours au même endroit.

Higgins s'inclina légèrement en guise de remerciement, alla jusqu'au bout du village, emprunta le sentier passant derrière les trois chênes et descendit vers la rivière ; la végétation fauve et vert sombre ondulait sous un vent léger qui annonçait une pluie prochaine.

Des jappements alertèrent Higgins, il s'arrêta pour écouter. Son ouïe ne le trompait pas : il s'agissait d'un chien qui souffrait. L'ex-inspecteur-chef reprit sa progression vers le cours d'eau agité par des courants contraires.

Higgins vit le brigadier-chef Multon frapper un bâtard noir et blanc qu'il avait attaché à une souche avec une corde.

« Sale bête, éructait-il, tu vas me payer ça ! »

En proie à une colère qui lui empourprait le visage, David Multon maniait une branche de sureau à la manière d'un fouet. Chaussé de hautes bottes vertes montant jusqu'à mi-cuisse et coiffé de son éternel chapeau en forme de cloche, il avait abandonné sur la berge sa canne à pêche, ses mouches et une nasse vide.

— Cela suffit, brigadier.

Les oreilles décollées de David Multon se dressèrent à la voix de Higgins. Quand il se tourna dans la direction d'où venait l'importun, ses yeux se firent minuscules et ses lèvres se pincèrent. Sa paupière droite monta et descendit soudain à une cadence accélérée, lui donnant une allure plutôt inquiétante.

— Qu'est-ce que vous voulez ?

— Je ne pense pas que ce chien ait commis une faute assez grave pour être ainsi torturé, indiqua Higgins, sévère et désapprobateur.

— Qu'est-ce que vous en savez ? protesta David Multon. Il a aboyé au moment où j'allais prendre une truite !

— Veuillez vous écarter.

Repoussant sans brutalité David Multon qui hésitait sur le comportement à suivre, Higgins détacha le chien, craintif, et lui caressa le sommet de la tête. L'animal le remercia d'un regard reconnaissant, puis détala vers la futaie.

— Est-ce votre chien ? interrogea Higgins.

— Non, répondit David Multon à contrecœur ; c'est une sale bête que m'a prêtée Jennifer Scinner pour me protéger.

— Vous protéger ? On vous a agressé ?

— Oui… Les gamins du village ! Ils me jettent des boîtes de conserve vides et me traitent de croquemitaine. De sales gosses !

— N'avez-vous jamais songé à quitter Landonrow ?

Le brigadier-chef se raidit.

– Jamais ! J'appartiens au clan Mac Gordon.

– Si nous marchions un peu, mon cher collègue ? J'ai l'impression que cette journée n'est guère favorable à la pêche.

David Multon ramassa son matériel et suivit Higgins qui emprunta un sentier tracé parmi les bouleaux et menant à un bois de résineux.

– J'ai conversé avec votre femme, Barbara. Une personne charmante.

– Où l'avez-vous rencontrée ?

– Au pub *la Licorne*. Elle était seule, parmi des hommes rudes ; croyez-vous que ce soit vraiment sa place ?

Le brigadier-chef hocha la tête, résigné.

– Bien sûr que non, mais je ne changerai pas Barbara. Elle a besoin de se montrer, de plaire. Que voulez-vous que j'y fasse ? Je préfère aller pêcher...

Le brigadier-chef avait de plus en plus l'air d'une fouine prise au piège.

– Mon ménage ne va pas très bien, poursuivit-il, mais on s'accommode de tout.

– Vous n'avez pas voulu d'enfants ?

– Non, répondit David Multon, et je préfère ça. Quand je vois tous ces sales gosses, je ne regrette rien.

Une pie, à la superbe robe noir et blanc, quitta les branches hautes d'un bouleau pour s'envoler dans un ciel chargé de nuages menaçants. Le vent fraîchissait.

– Je comprends mal, mon cher collègue, que vous ayez gardé le silence sur cette soirée où Duncan Mac Gordon vous a reçu, vous comme les autres membres du clan, dans le secret de son bureau.

– Ah ? s'angoissa David Multon, baissant les yeux ; Barbara vous en a parlé ?

– Duncan Mac Gordon vous a reçu juste après elle, je crois ?

– Pas du tout ! Entre nous, il y a eu le docteur Scinner ; j'ai été reçu le dernier. Il était plus de minuit.

– Et après vous ?

– Je n'ai vu personne attendre dans le grand hall ; je vous répète que j'étais le dernier.

Un chant plaintif s'élevait des feuilles argentées, bercées par le vent.

– Comment avez-vous trouvé Duncan Mac Gordon ? Je suppose qu'il vous a fait des confidences, à vous, le brigadier-chef de Landonrow ?

– Pensez-vous ! Ce n'était pas son genre. Il était aussi impénétrable que d'habitude. Duncan n'avait confiance en personne… Même pas en sa femme ! Il n'avait peut-être pas tort.

– Vous n'aimez pas Kathrin Mac Gordon ?

– C'est elle qui ne m'aime pas ! Duncan n'a jamais favorisé ma carrière, mais elle, c'est pire… Elle m'est carrément hostile ! Ma tête ne lui revient pas. Elle avait la plus mauvaise des influences sur son mari, et je suis sûr qu'elle aurait réussi à séparer de vieux camarades de combat comme Duncan et moi.

Les pierres du sentier étaient moussues. Higgins ralentit l'allure afin d'éviter tout risque de glissade.

– De quel combat s'agit-il ?

– Le débarquement, dans un régiment des Highlands que commandait Duncan… On était très jeunes !

– Vous ne portez pas vos décorations militaires ?

– Non, se renfrogna David Multon ; Duncan aimait ce genre de breloques, pas moi !

Higgins s'arrêta, sortit son carnet noir et nota : « Vérifier carrière militaire. »

127

— Qu'est-ce que vous écrivez là-dedans ? s'enquit le brigadier-chef.

— De simples observations ; la nature m'inspire. L'Écosse est un si beau pays !

— Ah bon, commenta David Multon, indifférent.

Higgins obliqua par un chemin de terre revenant vers Landonrow. Le soleil s'était caché, et le vent régnait à présent en seul maître de la lande.

— Pendant cet entretien, insista Higgins, Duncan Mac Gordon n'est tout de même pas resté silencieux ?

— Il m'a parlé de la prochaine fête du village, en me demandant de l'organiser, comme d'habitude.

— Ne l'avez-vous pas trouvé bizarre ou anxieux ?

— Non, il était comme d'habitude, impérieux et semblable à un menhir. La fatigue n'avait aucune prise sur lui ; je n'ai jamais rencontré quelqu'un possédant une énergie pareille. Et dire que, quelques heures plus tard, je revenais au château pour constater son décès… Incroyable !

L'horizon se teintait de violet. Les bruyères recouvrant le flanc des collines se tassaient sur elles-mêmes, se préparant à affronter les rigueurs du temps chagrin. Sur son promontoire, le château des Mac Gordon dressait sa fière silhouette, inaltérable.

— La vie est bien mystérieuse, avoua Higgins, et nous, policiers, avons en plus à percer le secret de certaines morts ; une tâche bien exigeante, mon cher collègue. Mais j'y pense : vous êtes sans doute la dernière personne à avoir vu vivant Duncan Mac Gordon ?

Le visage de fouine se contracta, effrayé par cette évidence.

— On ne peut pas l'affirmer, inspecteur ! Quelqu'un d'autre, notamment sa femme, a pu venir le voir après mon départ.

– Hypothèse à ne pas exclure. En tout cas, sur la liste des visiteurs que je possède, vous êtes bien le dernier nom. Duncan Mac Gordon ne vous a-t-il pas dit pourquoi il ne vous convoquait pas en même temps que votre épouse ?

– Duncan n'expliquait ni ses décisions ni ses fantaisies.

– Dans ces conditions, constata Higgins, il n'est pas aisé de percer le mystère de cette soirée. N'auriez-vous aucune idée, mon cher collègue, sur l'identité de l'assassin ?

Le brigadier-chef sursauta.

– Moi ? Pas la moindre ! Non, vraiment.

De grosses gouttes de pluie s'écrasèrent sur l'imperméable de Higgins.

– Où se trouvait votre épouse après votre entretien avec Duncan Mac Gordon ?

Rougissant mais péremptoire, le policier répondit en entrechoquant ses mots.

– Mais au lit, inspecteur, je veux dire dans sa chambre. Nous ne dormons pas ensemble par souci de commodité. C'est d'ailleurs Barbara qui…

D'un geste de la main, Higgins interrompit à temps des confidences trop personnelles.

– Il ne me reste donc plus, dit-il, qu'à consulter un homme de Dieu. Sans doute le pasteur Littlewood détient-il le secret des âmes.

24

Higgins planta là le brigadier-chef David Multon et traversa à nouveau Landonrow dont la rue principale était déserte. Il passa devant le pub, tourna à gauche dans la ruelle du bout des champs, puis alla droit devant lui, en direction du presbytère.

L'ex-inspecteur-chef ressentit une présence à ses côtés ; une langue douce lui lécha la main gauche, Higgins reconnut le chien qu'il avait libéré. Le poil mouillé, le brave bâtard s'ébroua et adressa un nouveau regard à son sauveur.

Higgins songea à la mort d'Ivanhoe, le chien de Duncan Mac Gordon ; qui avait eu la cruauté de l'assassiner ?

Suivi par son compagnon, l'ex-inspecteur-chef dépassa la croix celtique et s'arrêta devant la troisième maison sur sa gauche, là où demeurait le pasteur Peter Littlewood. Protégé par un muret de pierre, le jardinet avait été entièrement bêché. Higgins emprunta le chemin pavé et sonna à la porte du presbytère aussi lugubre que l'église calviniste attenante.

Dès qu'il vit apparaître le visage rond et joufflu du pasteur Littlewood, le chien décampa. Higgins pénétra dans le domaine de l'ecclésiastique.

— Heureux de vous recevoir, inspecteur ; que me vaut ce privilège ?

— J'ai besoin de vos lumières, révérend.

Le triple menton du pasteur tressaillit. Higgins découvrit un intérieur banal, sans couleurs ; régnait une odeur de choux dans la salle d'hôte aux murs crépis. Un canapé usé, un vaisselier en noyer, une table ovale et quelques chaises sans style composaient le pauvre mobilier. Sur le rebord du vaisselier, une photo représentant le pasteur et le notaire Mark Orchard, au sein d'un décor champêtre.

— Vous faites la cuisine vous-même ? s'enquit Higgins.

— Il le faut bien, mon fils, quand on est un vieux célibataire comme moi.

— Une gouvernante vous serait fort utile.

Peter Littlewood rosit.

— Vous n'y pensez pas, mon fils ! La femme, quoi qu'on en dise, est une créature du diable ; sa ruse suprême est de nous le faire oublier ! Partout, toujours, elle rôde, se nourrit de ténèbres, fait tomber les meilleurs dans ses pièges. Méfiez-vous des femmes, inspecteur !

L'ex-inspecteur-chef inspecta le modeste logis, s'arrêtant devant chaque meuble, détaillant les assiettes et les couverts exposés dans le vaisselier.

— Héritage familial ?

— Non, des cadeaux des habitants de Landonrow… De bien braves gens.

— Ces tristes événements doivent bouleverser l'existence paisible de votre communauté.

Le pasteur Littlewood leva les yeux au ciel et soupira.

— Dieu nous a envoyé une terrible épreuve ! À nous de la surmonter.

— Vous voulez dire : le clan Mac Gordon ?

Les sourcils du pasteur se plissèrent.

— En quelque sorte, mon fils, en quelque sorte ; le clan est l'épine dorsale de ce village, vous comprenez ?

— J'essaye, mon révérend.

Les longues larmes de pluie résonnaient sur les tuiles du toit et le jardinet devenait boueux ; un calme hors du temps s'emparait du vieux village écossais. Higgins ôta son imperméable et s'assit sur une chaise en bois blanc.

— Le corps de Duncan Mac Gordon sera rapatrié demain matin ; il serait bon que la cérémonie funèbre soit organisée au plus vite, ne pensez-vous pas ?

Le pasteur porta les deux mains à son cœur.

— Mon Dieu ! Le pauvre Duncan... Bien sûr, vous avez raison. Il sera inhumé dès son retour parmi nous, selon les coutumes du clan. Déjà, le pauvre Wallis repose en paix.

Légèrement penché en avant, Higgins semblait contempler un point précis du parquet.

— Vous devez recueillir bien des confidences.

— Plus rarement qu'on ne le croit ! protesta Peter Littlewood. Il me faut deviner, pressentir...

— Vos intuitions me seraient particulièrement précieuses, mon révérend ; par exemple, vous auraient-elles orienté vers le nom de l'assassin de Duncan Mac Gordon, de son chien et d'Andrew Wallis ?... En supposant qu'il n'y ait qu'un seul meurtrier.

La question de Higgins déclencha chez le pasteur une série de réactions spasmodiques. Le triple menton s'anima d'une vie indépendante, les yeux roulèrent sur eux-mêmes, les mains se nouèrent. Peter Littlewood déglutit plusieurs fois avant de réussir à s'exprimer.

— Quelle horreur... À aucun moment, de telles pensées ne m'ont traversé l'esprit ! Un homme de Dieu n'a pas le droit de se laisser entraîner vers d'aussi noirs penchants.

— Je ne vous accuse pas d'être l'assassin, indiqua Higgins avec douceur, mais on ne peut exclure l'hypothèse selon laquelle un membre du clan serait coupable.

– Par tous les saints ! s'exclama le pasteur Littlewood, ému jusqu'au tréfonds de l'âme. C'est tout à fait impossible ! Nous vénérions tous Duncan Mac Gordon, le maître incontesté du clan. Il avait son caractère, mais nul n'aurait envisagé…

– Désolé de vous le rappeler, révérend, mais il y a bel et bien trois cadavres et trois assassinats.

Cette évidence plongea le pasteur Littlewood dans une profonde consternation. Higgins eut le sentiment que, jusqu'à cet instant, le religieux avait refusé d'admettre l'affreuse vérité.

– Mon Dieu, mon Dieu, murmura-t-il s'asseyant à son tour, effondré.

– Vous ne m'avez pas confessé votre visite particulière à Duncan Mac Gordon, quelques heures avant sa mort ; c'est une sorte de mensonge par omission, mon révérend.

Peter Littlewood fut effrayé par le regard perçant de Higgins. L'inspecteur du Yard lui apparut presque diabolique.

– De quelle visite parlez-vous ?

– Duncan Mac Gordon vous a reçu seul à seul. Sans doute pour se confier… Vous étiez convoqué après Barbara Multon, je crois ?

– Mais non ! s'indigna le pasteur. Juste avant elle… et immédiatement après Kathrin Mac Gordon.

– Vous avez donc croisé l'épouse de Duncan ?

– Pas précisément. Je l'ai aperçue dans le couloir et supposé qu'elle sortait du bureau de son mari.

Higgins se leva pour examiner la photographie où étaient immortalisés le notaire et le pasteur.

– Vous n'avez pas échangé le moindre mot ?

– Non.

– Pourquoi Duncan Mac Gordon vous avait-il convoqué ?

— Je... je ne sais plus.

— À quelle heure ?

— Je ne me le rappelle pas.

Le pasteur Littlewood était au seuil du malaise.

— Un trou de mémoire, révérend ?

— Non, ce n'est pas cela... Je veux dire... je veux dire que je suis si troublé...

— Les déclarations de Duncan Mac Gordon étaient-elles si importantes ?

— Non, justement pas ! Il a évoqué l'histoire du clan, la dignité de ses membres, le rôle que nous avions à tenir... C'est pour cela que j'ai oublié les détails : j'avais déjà entendu cela cent fois.

— Aucun élément particulier ?

— Aucun, affirma le pasteur Littlewood, la gorge serrée.

— Curieux, observa Higgins ; Duncan Mac Gordon vous avait donc convoqué pour rien à une heure aussi tardive ?

Le triple menton du pasteur tressauta affirmativement.

— J'ai l'impression, poursuivit l'ex-inspecteur-chef, que le couple Multon ne va pas au mieux.

— La femme, encore la femme ! sursauta Peter Littlewood, retrouvant un terrain sûr. Pourtant, Barbara s'est beaucoup améliorée depuis qu'elle a épousé David ; ce n'est pas comme d'autres...

Higgins n'était pas un ennemi du chou, mais l'odeur persistante imprégnant les murs du presbytère commençait à l'incommoder.

— Mon collègue, le brigadier-chef David Multon, n'aime guère les chiens.

— Il a été mordu, inspecteur, et en a gardé une certaine rancœur. David Multon cache un cœur d'or sous son aspect bourru ; il ne faut pas se fier aux apparences.

– Comme vous avez raison, mon révérend ! Quelles « autres » évoquiez-vous en parlant de celles qui ne s'étaient pas heureusement modifiées ?

Le pasteur eut l'air gêné.

– Cela m'ennuie beaucoup de porter des accusations…

– Je trierai le bon grain de l'ivraie.

Peter Littlewood tâta son triple menton.

– Il s'agit de Kathrin Mac Gordon, hélas ! l'épouse de notre regretté Duncan. Il y aurait tant à raconter sur son déplorable cas… Mon sens du secret et de la pudeur m'interdit d'être prolixe.

Higgins consulta son carnet noir.

– Kathrin Mac Gordon aurait-elle été une femme de mauvaise vie… et le serait-elle restée ?

– Je n'irai pas jusque-là, inspecteur, mais j'ai eu vent d'indices fort troublants. Kathrin a toujours aimé jouer de son charme, en oubliant parfois les liens sacrés du mariage. L'indulgence chrétienne pousse à fermer les yeux jusqu'à ce que certaines bornes soient dépassées.

– Duncan Mac Gordon ne s'apercevait de rien ?

– Difficile à dire ! C'était un homme secret, qui savait souffrir en silence. Je n'ai pas osé aborder cette douloureuse question avec lui.

– Serait-il indiscret de vous demander vers qui se tournaient les regards coupables de Kathrin Mac Gordon ?

Le pasteur Littlewood ferma les yeux et se raidit. Il devint la vivante image de la dignité blessée.

– Des… aventuriers de passage.

Higgins revêtit son imperméable ; la pluie se renforçait.

– Je vous laisse, mon révérend. J'ai encore une visite à faire.

Peter Littlewood ouvrit les yeux.

– Comptez sur moi pour l'organisation des obsèques, inspecteur. Le clan Mac Gordon saura honorer la mémoire de Duncan.

Higgins se dirigea vers la porte.

– Un instant, inspecteur…

– Oui, révérend ?

Ce dernier se recueillit, comme s'il allait célébrer un office.

– Un détail m'est revenu en mémoire : vous m'aviez demandé, lors de votre première visite, si un médicament n'avait pas disparu du stock dont je suis responsable.

– Vous avez vérifié ?

– Plusieurs fois, car votre question m'a troublé ; nul médicament n'a disparu, mais j'ai effectivement été victime d'un vol… un vol bizarre. On a dérobé un flacon de produit pour rosiers. Un mélange très toxique.

– Je suis un grand amateur de roses, précisa Higgins, et je n'en ai pas vu beaucoup, à Landonrow.

– Elles y sont rares, c'est vrai, mais la roseraie du château est l'une des plus belles d'Écosse. Vous devriez l'admirer.

– Où se trouve-t-elle ?

– Dans le jardin privé des maîtres, derrière le cairn.

– Une roseraie exige de grands soins et des compétences particulières. Qui s'en occupe ?

– Kathrin Mac Gordon elle-même, inspecteur, et personne d'autre.

25

Higgins ouvrit son carnet noir et enregistra la déclaration du pasteur Littlewood.

— Personne ne m'avait parlé de cette roseraie.

— Normal, inspecteur : en ce moment, elle est fermée.

— Dans ces conditions, pourquoi Kathrin Mac Gordon aurait-elle eu besoin d'un produit pour traiter les rosiers ?

— C'est bien ce qui m'étonne ; je ne vois pas quel usage elle aurait pu faire d'un tel poison.

— Sous quelle forme se présente-t-il ?

— Une petite bouteille rouge et noir avec la mention « Princess of Scotland », une variété de rose créée à Landon-row par le grand-père de Duncan Mac Gordon. Un rouge très profond, satiné. Kathrin Mac Gordon ne permettait à personne de s'approcher de cette espèce, le plus beau fleuron de la roseraie.

— Merci pour ces précieuses informations, mon révérend. Une question encore…

Peter Littlewood transpirait.

— Je suis à votre disposition.

— Pourriez-vous m'indiquer la demeure du notaire Mark Orchard ?

Le pasteur toussota.

– C'est le corps de bâtiment juste en face ; l'entrée est un peu plus loin sur la gauche, un porche en granit. Vous trouverez facilement.

Higgins sortit sans regret de cet intérieur mesquin, parfumé au chou, mais ne regrettait pas cet entretien où son art de la confession, bien qu'il se heurtât à un professionnel de la confidence, avait donné des résultats non négligeables. La vérité se faisait jour, peu à peu, quoique trop de zones d'ombre subsistassent. L'ex-inspecteur-chef avait l'impression que la mort rôdait encore à Landonrow et qu'elle n'était pas rassasiée par trois meurtres.

*

* *

Le domaine du notaire Mark Orchard se composait de plusieurs corps de ferme assez délabrés, entourés d'un haut mur qui aurait nécessité de sérieuses réfections. Le notaire avait élu domicile dans une maisonnette en longueur au toit de chaume. Il vint en personne ouvrir le portail et conduisit Higgins jusqu'à son bureau : une pièce sombre, pourvue d'une seule fenêtre. Aux murs, des trophées de chasse : têtes de cerfs, de renards, de belettes, entrecoupées d'une panoplie de fusils. Un feu malingre brûlait dans la cheminée. Sur le bureau du notaire, un sous-main en cuir usé, des classeurs contenant des ouvrages juridiques, des photos du château des Mac Gordon et un portrait du notaire en compagnie du pasteur Littlewood.

– Content de votre séjour à Landonrow, inspecteur ? demanda Orchard en s'installant derrière son bureau.

– Je ne serai satisfait que lorsque ma mission sera remplie.

La soixantaine arrogante malgré un visage rougeaud, le notaire était plein de lui-même. Habillé d'un costume à carreaux marron et rouge, le col de chemise orné d'un nœud papillon écossais aux larges ailes, il conservait son sourire figé, découvrant des dents blanchies artificiellement.

— Je suppose, maître, que ma visite ne vous surprend pas ? interrogea Higgins, commençant à examiner la collection d'armes.

— Comment ça, inspecteur ?

— Mon enquête ne passe pas inaperçue et les membres du clan Mac Gordon me paraissent très unis.

— Un doigt de whisky, inspecteur ?

— Pas avant ce soir, merci.

Le notaire Orchard n'avait pas les scrupules diététiques de Higgins. Il se servit un large verre de cuvée Mac Gordon, se cala dans son fauteuil et croisa les deux jambes sur son bureau, tel un producteur de cinéma hollywoodien.

— Je m'attendais effectivement à votre visite, car il fallait bien que vous consultiez le véritable maître du clan Mac Gordon.

Higgins inclina la tête comme s'il donnait son accord.

— Vous êtes un professionnel expérimenté, inspecteur, et vous savez reconnaître les gens qui comptent. Cette lamentable histoire fait le plus grand tort à notre clan. Un clan qui ne saurait être dirigé par une femme, et encore moins par Kathrin Mac Gordon.

— Voilà une opinion tranchée, maître, dit Higgins, regardant une tête de cerf empaillée et déplorant l'attirance morbide de certains chasseurs pour ce genre de trophées.

Le notaire alluma un cigare.

— J'ai mes raisons, inspecteur ; cette femme est une intrigante qui a envoûté le pauvre Duncan.

— Vous en a-t-il parlé, lorsqu'il vous a reçu dans son bureau, quelques heures avant sa mort ?

La question de Higgins surprit Mark Orchard. D'un geste nerveux, il posa son cigare sur le bord d'un cendrier.

— Qui vous a raconté cette histoire ?

— Personne, maître ; j'en ai la preuve.

Mark Orchard grimaça.

— Alors, vous savez que j'ai succédé à ce pauvre fou d'Andrew Wallis et que j'ai précédé Jennifer Scinner… Une des fantaisies de notre regretté Duncan ! J'ignore encore pourquoi il nous a tous convoqués ce soir-là, à des heures différentes. Il ne m'a parlé que de banalités, de la grandeur du clan, du rôle qu'il avait joué dans l'histoire de l'Écosse.

Higgins déambulait à pas comptés, s'arrêtant longuement devant chaque objet.

— Duncan Mac Gordon se comportait-il normalement ?

— Tout à fait : fier, tranchant, robuste, sûr de sa puissance. Personne n'aurait imaginé qu'il disparaîtrait si vite.

— Vous-même et les autres membres du clan avez été bien cachottiers en omettant de me signaler ces entretiens avec Duncan Mac Gordon.

Le notaire Mark Orchard ôta les pieds de son bureau ; son ton se fit plus grave.

— Le clan a ses coutumes, il aime ses petits secrets. Les événements de cette soirée ne pouvant rien vous apprendre sur le drame, nous n'avons pas cru indispensable de vous en parler.

— Vous auriez dû me laisser le soin d'en juger, maître ; il n'y a pas eu un meurtre, mais trois : Duncan Mac Gordon, son chien et Andrew Wallis.

Empourpré, le notaire se redressa.

— Andrew Wallis, ce bon à rien, ce traîne-savates ! ce…

— Vous parlez d'un mort, maître.

— Tant mieux pour le clan… Andrew Wallis le déshonorait. Je n'ai jamais compris pourquoi Duncan s'obstinait à le garder sous son toit. Une faiblesse ridicule, à mon avis.

— Quels que soient vos sentiments personnels, maître, il y a eu crime. Et je crains qu'il ne faille rechercher le ou les meurtriers parmi les membres du clan ; vous le savez aussi bien que moi. Êtes-vous ou non décidé à m'aider ?

Mark Orchard but une gorgée de whisky et reprit son cigare en évitant le regard de Higgins.

— D'accord, inspecteur ; je suis arrivé aux mêmes conclusions que vous. Elles ne me réjouissent pas.

Higgins ouvrit son carnet noir.

— Qui, parmi vous, aurait la trempe d'un assassin ? Vous-même, Jennifer Scinner, le pasteur Littlewood, le docteur Scinner, le brigadier Multon, son épouse Barbara, l'intendante Alice Brown ou Kathrin Mac Gordon ?

— Pourquoi vous torturer l'esprit et chercher des solutions compliquées ? La clef de toute cette affaire, c'est Kathrin Mac Gordon qui la possède. Personne d'autre.

Higgins sembla ennuyé.

— Vraiment personne ?

— Croyez-moi, inspecteur : j'ai fait le tour du problème. Qui pouvait avoir intérêt à supprimer Duncan, puis Andrew Wallis ? Qui hérite de la fortune du clan ? Répondez vous-même à ces questions. Pour moi, tout est clair.

Higgins se leva et s'approcha de la bibliothèque.

— Vous possédez de superbes reliures, maître. Je peux…?

— Bien sûr !

Le comportement de l'homme du Yard étonna Mark Orchard. Higgins caressa délicatement le dos de plusieurs gros volumes consacrés à la pratique du droit, en tira un et le manipula avec précaution.

– Si je ne me trompe, maître, voilà un excellent traité de calligraphie ; ces écritures anciennes sont superbes. Vous êtes un spécialiste ?

– Non, mais ce genre de référence est utile pour certaines expertises.

Higgins feuilleta et remit le traité à sa place.

– Je pense que vous avez raison : Kathrin Mac Gordon détient une clef essentielle ; il faut qu'elle cesse de se taire. À bientôt, maître.

26

Higgins vérifia qu'il n'était ni observé ni suivi et, d'un pas alerte, se dirigea vers la poste de Landonrow où il expédia plusieurs lettres. Ainsi, son « réseau » de renseignements serait mis en alerte dans les plus brefs délais. Puis il effectua sans se presser la montée vers le château. Il ne ressentit pas l'impact des gouttes de pluie sur son imperméable, tant il réfléchissait avec intensité. On le manipulait depuis le début de l'enquête. Tout – ou presque tout – reposait sur l'identité de ce « on » qui avait cru pouvoir rester dans l'ombre. « On » avait commis l'erreur d'assimiler Higgins à une marionnette dont on tirait les fils à volonté. Mais une autre question essentielle demeurait : les trois meurtres étaient-ils réellement liés ? Cette série de disparitions répondait-elle à un plan précis ou bien l'assassin s'était-il affolé, supprimant ceux qui le gênaient pour réaliser ses desseins ou auraient pu le dénoncer ?

Higgins enfonçait dans le sol spongieux et le rideau de pluie l'empêchait de voir à plus de vingt mètres. « Dans les ténèbres gît la lumière », pensa l'homme du Yard dont la solitude et le silence étaient les meilleurs conseillers. Ces dernières heures, il avait vu tant de gens cherchant à l'influencer et entendu tant de mensonges qu'il avait besoin de l'authenticité de la nature écossaise.

C'est en arrivant devant la porte du château des Mac Gordon, à la tombée du jour, que Higgins perçut le secret du clan. Il se produisit comme un éclair, et la logique implacable des crimes lui apparut.

Higgins sonna la cloche, Alice Brown vint lui ouvrir. Sa mine était encore plus revêche qu'à l'ordinaire.

— Mme Mac Gordon vous attend avec impatience.

Le policier emboîta le pas de l'intendante.

— Si je ne m'abuse, mademoiselle Brown, vous étiez la première personne du clan à être convoquée par Duncan Mac Gordon, le soir qui a précédé sa mort ?

Freinée dans son élan, Alice Brown stoppa net.

— Comment le savez-vous ?

— On laisse toujours des traces derrière soi, mademoiselle ; qui vous a succédé ?

— Andrew Wallis.

— Quelle fut la teneur de votre entretien avec Duncan Mac Gordon ?

— D'ordre strictement professionnel. Il m'a rappelé l'importance de ma charge, et je l'ai assuré de ma pleine et entière fidélité.

— Votre patron était-il coutumier de cette... mise au point ?

— C'était une coutume, en effet ; je vous rappelle que Mme Mac Gordon vous attend.

— Je n'avais pas oublié, mademoiselle ; à votre avis, y avait-il une raison pour qu'Andrew Wallis fût convoqué juste après vous ?

Le regard d'Alice Brown devint et hostile.

— Je n'en vois aucune.

Avec vivacité, l'intendante reprit sa marche en avant.

*
* *

Kathrin Mac Gordon faisait les cent pas devant la cheminée du grand hall. Vêtue d'une jupe noire très stricte et d'un pull-over rouge, elle se précipita vers Higgins dès qu'il apparut.

— Inspecteur, enfin !

La veuve était au bord de la crise de nerfs.

— Votre conduite est intolérable ! Les membres du clan n'ont pas cessé de téléphoner au château. Il paraît que le corps de mon mari sera rapatrié dès demain et que vous avez demandé au pasteur Littlewood d'organiser les obsèques ? Vous avez sans doute oublié qui je suis ?

Higgins s'immobilisa, le dos à la cheminée.

— Pardonnez-moi, j'avais besoin de me réchauffer.

— Cela suffit, inspecteur, l'interrompit Kathrin Mac Gordon animée d'une colère froide. Inutile de biaiser : votre attitude est inacceptable.

— Pas tant qu'il y paraît, madame Mac Gordon, avança tranquillement Higgins. Vous m'avez confié le soin d'identifier l'assassin de votre mari ; il s'agit pour moi d'un devoir sacré, d'autant plus que deux autres crimes ont été commis. Et je suis certain *qu'un quatrième se prépare* ; c'est pourquoi il est indispensable que les funérailles aient lieu dès demain. C'est la meilleure solution pour éviter le pire... Si c'est encore possible.

Kathrin Mac Gordon haussa les épaules.

— Vos divagations ne m'impressionnent pas, inspecteur, et je regrette de vous avoir fait confiance. Votre présence au château n'a rien arrangé.

— Je ne suis pas parvenu à empêcher l'assassinat d'Andrew Wallis, il est vrai, et je ne suis même pas certain de pouvoir éviter un prochain meurtre, car tout le monde m'a menti.

– Moi comprise, je suppose ?

Kathrin Mac Gordon, outrée, était superbe. Elle avait la prestance d'une tragédienne, sa fragilité, sa présence ; à elle seule, elle constituait un tribunal jugeant Higgins.

– Vous comprise, madame Mac Gordon.

Higgins frissonna. Il absorba quatre granules d'*Influenza*
de chez Nelson, se resservit un peu de tisane de thym afin
de lutter contre les virus, puis ajouta une bûche dans le feu
dont le rayonnement atténuait ses rhumatismes. Ce soir,
l'ex-inspecteur-chef n'avait pas le droit de se reposer. Il
relisait les notes prises sur son carnet noir, retraçant ainsi
le véritable rôle de chacun des personnages du drame, ce
rôle que les membres du clan Mac Gordon s'obstinaient à
lui cacher. Surtout, il s'était promis de veiller sur le château
endormi où la mort rôdait.

Cette nuit et la journée qui la suivrait seraient décisives.
Vaguement réchauffé, Higgins sortit de sa chambre et
arpenta les couloirs ; il était plus de deux heures du matin.
Le dîner avait été rapide. Kathrin Mac Gordon était restée
dans sa chambre, Alice Brown se contentant de servir un
peu de viande froide avant de se retirer.

Higgins colla son oreille à la porte de la chambre de
Kathrin Mac Gordon. Aucun bruit suspect. Il entra ensuite
dans le bureau de Duncan, inspecta une nouvelle fois
l'endroit sans rien découvrir de nouveau. Autant vérifier les
dires de Barbara Multon : il ouvrit le tiroir de gauche du
bureau et, de la main droite, atteignit le fond. Une aspérité.
Un poussoir qu'il enclencha de l'index. La cache s'ouvrit,

elle ne contenait qu'une lettre. Une lettre d'amour exaltée où s'exprimait une passion brûlante.

Pensif, Higgins monta jusqu'à la petite pièce sous les combles après avoir inspecté la chambre d'Andrew Wallis où il demeura assez longtemps, examinant de près les affiches de théâtre que collectionnait le jeune homme.

Puis l'ex-inspecteur-chef sortit du château, se glissa dans la nuit sombre et sans pluie, traversa la grande cour, celle du cairn, et aboutit à la grille de la roseraie, encadrée de plantes grimpantes. Elle n'était pas fermée. Higgins la poussa et découvrit une colonnade à ciel ouvert, édifiée sur le rebord du plateau où avait été construit le château. De là, le regard plongeait vers le village de Landonrow et les collines environnantes. Sur chacune des colonnes, des rosiers grimpants d'un âge canonique. Higgins les effleura de la main, en signe d'affection. S'aidant d'une lampe de poche, il explora les lieux et découvrit le petit atelier où étaient entreposés les outils de jardin. Rangement impeccable, pas une once de terre ou de poussière. Sur les étagères faisant le tour de l'atelier, de la ficelle, du raphia, des sécateurs. Ni désherbant, ni anti-liseron. Foncièrement hostile à l'emploi de la chimie pour la culture des rosiers, Higgins n'utilisait que la binette, un sécateur et un arrosoir.

Au pied d'un rosier, Higgins remarqua un flacon aux couleurs rouge et noire portant la mention « Princess of Scotland ». Le renseignement donné par le pasteur Little-wood s'avérait exact. Le poison dérobé au presbytère se retrouvait bel et bien dans la roseraie des Mac Gordon.

Quand Higgins regagna dans sa chambre, il était trois heures dix du matin. Il vit aussitôt la porte de l'armoire, entrouverte, comme chaque nuit. Les plis des pantalons étaient pourtant intacts, et l'ex-inspecteur-chef remit ce mystère-là à plus tard. Il but une gorgée de tisane, revêtit deux pull-overs, sa robe de chambre et recommença à déambuler dans les couloirs du château, tel un fantôme protecteur.

*
* *

— Inspecteur, inspecteur ! Réveillez-vous !

Higgins ouvrit un œil et reconnut Kathrin Mac Gordon, en robe de chambre, fort énervée.

— J'aimerais savoir, inspecteur, ce que vous faites dans ce fauteuil, devant ma porte. Vous montez la garde, peut-être ?

— Je surveille, madame Mac Gordon, et je vous souhaite le bonjour ; puissiez-vous disposer de l'énergie nécessaire pour les heures difficiles qui s'annoncent.

Higgins se leva, rouillé ; il détestait être réveillé en sursaut. Un sérieux massage lui aurait été nécessaire.

— Mais enfin, pourriez-vous m'expliquer…

— Plus tard, madame, plus tard ; il est temps d'aller nous préparer. Le corps de votre mari ne va pas tarder à arriver.

*
* *

Lorsque l'hélicoptère de la police fut autorisé à se poser dans la cour du château, tout le village comprit que Duncan Mac Gordon était de retour chez lui et que les causes de sa disparition, dûment connues, allaient provoquer des conséquences dramatiques.

Babkocks avait presque rendu Duncan Mac Gordon à la vie ; portant les habits rituels du clan, il ne ressemblait pas à un mort. En le voyant, Jennifer Scinner poussa un cri d'effroi ; affichant une superbe dignité, Kathrin Mac Gordon étendit un vaste manteau, à la mesure du colosse, sur le corps de son mari. Aucun mot prononcé, aucune larme

149

versée ; tétanisés, les membres du clan avaient la gorge serrée, persuadés que le géant allait se relever.

Le chef du clan fut installé sur une sorte de brancard formé de troncs d'arbre que portèrent le notaire Mark Orchard, Jennifer Scinner, le pasteur Littlewood, le docteur Michael Scinner, le brigadier-chef David Multon. Son épouse Barbara et l'intendante Alice Brown furent chargées du cercueil du chien Ivanhoe. Kathrin Mac Gordon marcha en tête. Le cortège funèbre sortit du grand hall pour apparaître dans la cour principale du château où s'était rassemblée la population de Landonrow, formant une foule compacte et silencieuse.

– Le maître est revenu pour toujours, annonça Kathrin Mac Gordon d'une voix tremblante d'émotion ; je vous invite à lui rendre un dernier hommage avant qu'il ne repose dans la tombe des ancêtres.

Les hommes se découvrirent, les femmes baissèrent les yeux. Les membres du clan conservèrent une immobilité hiératique ; au cœur de l'impressionnant silence que ne violait pas le moindre souffle de vent, il y avait l'âme de Duncan, à jamais présente en son royaume.

Higgins s'était placé près de la porte donnant sur la cour du cairn et ne cessait d'observer les membres du clan. La foule se retira, toujours silencieuse, tandis que le cortège funèbre se dirigeait vers le tumulus où avaient été enterrées des générations de Mac Gordon ; seule la famille pouvait y accéder.

– Je suis navré de vous imposer ma présence en un pareil moment, dit Higgins à Kathrin Mac Gordon, mais c'est indispensable pour votre sécurité à tous.

Elle ne daigna même pas répondre, concentrée sur la tâche qu'elle avait à accomplir. Comme les autres membres du clan, elle était vêtue du grand kilt de cérémonie aux couleurs traditionnelles et d'une blouse bleu nuit ornée d'un jabot de dentelle ; sur ses épaules, un châle noir aux très longues franges.

Les porteurs déposèrent le brancard à terre, juste devant l'entrée du cairn. Ils restaient hypnotisés par le cadavre du géant, au visage serein, apaisé.

— Je suis sûre qu'il est encore vivant, murmura Barbara Multon, dont les mains tremblaient.

— Il va se redresser, ajouta Jennifer Scinner, les jambes en coton.

Higgins demeura en retrait, de manière à pouvoir noter les réactions des uns et des autres. Les hommes étaient compassés, comme si le sang ne coulait plus dans leurs veines ; les femmes paraissaient très émues. Kathrin Mac Gordon prononça en celte une prière au feu, à l'air et à l'eau pour que les éléments gardent intact l'esprit du chef du clan ; puis elle se tourna vers le pasteur Littlewood, afin qu'il procède à l'ultime rite d'inhumation à l'intérieur du cairn.

Higgins s'approcha, Kathrin Mac Gordon lui fit face.

— Vous n'irez pas plus loin, inspecteur ; c'est déjà un grand privilège d'avoir été admis ici. Le clan n'autorisera pas votre présence dans la salle funéraire. Laissez-nous célébrer notre deuil dans l'intimité.

Des corbeaux coassèrent, et la brume s'épaissit autour du tumulus.

— Comme vous voudrez, madame ; soyez ma messagère auprès de mon ami Duncan pour lui souhaiter la plus heureuse des éternités.

Higgins crut voir se brouiller le regard de Kathrin Mac Gordon, mais elle se détourna et reprit sa place devant le cadavre de son époux. Le pasteur Littlewood, un cierge à la main, commença à descendre dans les profondeurs du tombeau du clan, là où Duncan Mac Gordon reposerait aux côtés de ses ancêtres et de son chien Ivanhoe, là où irait un jour le rejoindre Kathrin, puisqu'elle avait tenu le rôle de chef de clan.

Du cairn émanait une pâle lueur, celle du cierge que tenait le pasteur. Duncan Mac Gordon avait bien vécu et s'en allait dignement. Mais Higgins savait qu'il ne connaîtrait pas de véritable quiétude avant que son assassin ne fût identifié. Et que penser d'Andrew Wallis dont le corps avait été inhumé dans le petit cimetière de Landonrow, à l'intérieur de l'enclos réservé aux proches des Mac Gordon ? Avait-il trahi le maître du clan ou était-il mort de l'avoir trop bien servi ? Et pourquoi l'assassin s'était-il acharné sur un chien, sinon parce que ce dernier avait été témoin du meurtre de Duncan Mac Gordon et aurait pu, par son comportement, désigner le coupable ?

La lueur s'éteignit brusquement, un cri déchirant jaillit de l'intérieur du cairn. Higgins, allumant sa lampe de poche, se précipita dans le tumulus, dévala la pente à toute allure, et atteignit la salle funéraire.

Le cadavre de Duncan Mac Gordon reposait au sein de son caveau, aux côtés de son chien. Le docteur Michael Scinner et le notaire Mark Orchard relevaient Kathrin Mac Gordon qui tentait de reprendre son souffle. Autour de son cou étaient nouées les longues franges de son châle qui avaient imprimé deux marques rouges dans sa chair.

— On a… on a tenté de m'étrangler, parvint-elle à articuler.

28

Il pleuvait et il faisait froid. Kathrin Mac Gordon avait gardé la chambre une journée entière. Son frère, le docteur Michael Scinner, avait proposé ses services pour l'examiner, mais Higgins s'était interposé. Prenant les affaires en main, il avait demandé à tous les membres du clan, excepté Alice Brown, de regagner leurs domiciles respectifs. Il leur enjoignit de revenir au château le lendemain soir, à dix-neuf heures, menaçant d'incarcération immédiate quiconque tenterait de s'enfuir.

Higgins s'installa de bon matin dans le bureau de Duncan Mac Gordon et songea à l'admirable *Chant du matin sur la lande* de la sublime poétesse Harriett J. B. Harrenlittlewoodrof :

> *L'aube pâle se meurt déjà en volutes argentées*
> *La bruyère l'entoure de son âme au souffle d'airain*
> *Et les collines ressuscitent en un sourire fauve*
> *Quand passent les ombres d'un soleil perdu.*

Il reçut Alice Brown dont le visage demeurait toujours aussi rébarbatif.

— Mademoiselle Brown, j'ai une mission à vous confier : ayez l'amabilité de fermer à clef toutes les portes du château. Si quelqu'un tentait d'entrer, prévenez-moi aussitôt.

L'intendante ne fit aucun commentaire et se contenta d'acquiescer d'un hochement de tête. Au moment de sortir de la pièce, elle se retourna.

— Il n'y a plus que du chou bouilli pour le déjeuner et le dîner. Je suppose que vous m'interdisez de sortir pour faire des courses au village ?

— Ce mets me conviendra, mademoiselle, et je vous rends responsable de la sécurité de Mme Mac Gordon jusqu'à demain soir.

— Parfait, inspecteur ; vous connaissez donc le menu.

Acide, elle sortit du bureau. Higgins était persuadé que la cuisine du château recelait des produits plus attrayants, mais oublia la brimade que lui infligeait l'austère rouquine pour se consacrer à une tâche indispensable : des appels téléphoniques destinés à éclaircir quelques points obscurs.

Higgins ouvrit son carnet noir, relut l'ensemble de ses notes et jugea nécessaire une longue méditation. Le bureau de son ami Duncan s'y révélait propice ; ici, le temps n'érodait pas la pensée.

Les pièces du puzzle commençaient à se mettre en place, une surprenante réalité apparaissait ; laissant voguer son intuition, à partir de nombreux détails, l'ex-inspecteur-chef tenta de l'approcher.

Un halo se dissipait, mais plusieurs vérifications s'imposaient.

Avant tout, utiliser la logistique de Scotland Yard, laquelle s'exprimait par la voix de Scott Marlow que Higgins n'eut aucune peine à joindre. Professionnel consciencieux et travailleur infatigable pénétré de l'importance de sa fonction, le superintendant avait élu domicile à son bureau, marqué au sceau de la modernité ; il y avait tellement de dossiers administratifs à traiter qu'il n'avait pas le temps de s'absenter.

– Votre enquête avance-t-elle, Higgins ?

– Des progrès intéressants.

– Avez-vous identifié l'assassin ?

– La situation est complexe.

Connaissant son collègue, Marlow n'insista pas ; l'ex-inspecteur-chef évitait de se prononcer avant d'avoir obtenu une certitude absolue.

– De mon côté, annonça le superintendant, j'ai des précisions concernant votre problème de décorations : aucune trace. À propos de votre histoire de mœurs, pas de certitude, puisqu'il n'y a pas eu de condamnation. Il existe néanmoins un dossier comportant ragots et dénonciations ; des plaintes sont demeurées sans effet après une enquête trop rapide. De mon point de vue, il y avait pourtant anguille sous roche ! Quant au décès de la dame, on nage en eaux troubles ; là aussi, une belle collection de lettres anonymes d'où se dégage une odeur fétide.

– Est-ce bien la police locale qui a également étouffé cette affaire-là ?

– C'est évident.

– Merci de votre aide, superintendant ; Duncan Mac Gordon était un homme remarquable, et votre intervention m'a facilité la tâche au-delà de toute espérance.

Marlow n'était pas peu fier, même à distance, de participer à une enquête de Higgins qui, en dépit de ses méthodes surannées, parvenait à percer des énigmes résistant à la police scientifique.

– Ce château écossais n'est-il pas rempli de périls plus ou moins visibles ? s'inquiéta-t-il.

– Ce n'est pas impossible, concéda l'ex-inspecteur-chef, mais je dois à la mémoire de Duncan Mac Gordon d'établir la vérité.

Sachant qu'il était inutile de recommander à Higgins la moindre prudence, le superintendant se contenta de lui renouveler son appui en cas de besoin.

Le Yard était une remarquable organisation, le réseau des amis de Higgins une autre ; ces anciens de Cambridge avaient réussi de brillantes carrières, mais restaient fascinés par le mystère environnant l'existence d'un enquêteur de haut vol. Aussi lui prêtaient-ils assistance avec enthousiasme et promptitude, savourant la délicieuse impression d'être un peu dans la confidence.

29

Higgins appela le docteur Stanley, l'un des plus éminents généralistes londoniens. Bardé de titres et de diplômes, c'était l'un des grands pontes de la médecine britannique.

– J'ai bien reçu ton courrier écossais et retrouvé la trace de la dame. Cela n'a pas été très difficile, vu la gravité du cas ; les solutions étaient très limitées.

– C'est bien ce que je supposais ?

– Hélas oui ! Avec une évolution très rapide. Quand viens-tu dîner ? Disons… la semaine prochaine ; et tu me raconteras tout !

Higgins promit, préparant déjà son foie au repas pantagruélique que la cuisinière du docteur Stanley ne manquerait pas de lui préparer.

Il appela John A. Crosby, héritier de l'une des plus brillantes études britanniques, autorité morale incontestée du droit britannique et propriétaire d'un club privé où la fine fleur du notariat et du barreau s'épanouissait en vase clos.

– Mon cher Higgins, merci d'avoir fait appel à moi ! À la suite de ton courrier, j'ai pu organiser une petite réunion avec mon honorable confrère qui s'est occupé de la succession Mac Gordon. Un charmant garçon, sérieux et chatouilleux sur le secret professionnel.

— J'espère, dit Higgins, que tu n'as pas eu à le violer ?

— Si peu que cela ne mérite pas commentaire, rétorqua John A. Crosby ; mon cher, je confirme tes déductions. Il n'y a pas eu la moindre magouille, tout est en ordre. Aucune surprise à redouter de ce côté-là. À la lumière des événements tragiques qui ont eu lieu, on dirait bien que ton ami avait tout prévu.

— Peut-être pas tout, rectifia Higgins ; et les titres de propriété ?

— Du trompe-l'œil ! s'exclama John A. Crosby, du maquillage destiné à Dieu sait qui ! En réalité, elle ne possède presque plus rien. J'espère bien te compter parmi mes hôtes, disons… la semaine prochaine ? Je viens de recevoir un bourbon dont tu me diras des nouvelles. Et tu me révéleras tous les secrets de cette passionnante affaire !

Higgins promit, bien qu'il ne fût pas un amateur de bourbon, breuvage qui avait tendance à embourber sa vésicule biliaire. Il chercha dans son carnet noir la rubrique « Testament » et y inscrivit ses déductions finales. Puis il appela Sir Arthur Mac Crombie, colonel en retraite. Une voix rauque et autoritaire lui déchira quelque peu les tympans.

— Qui ça ? Higgins ? Ce vieil anarchiste ! Quel plaisir de t'entendre ! Veux-tu que nous déjeunions ensemble la semaine prochaine ?

Pour le colonel, tout individu qui n'avait pas fait carrière dans l'armée était un danger public.

— Avec plaisir, répondit l'ex-inspecteur-chef, mais auparavant, j'aurais besoin de ta mémoire.

Sir Arthur Mac Crombie se vantait d'être, à lui seul, un service d'archives sans concurrent.

— De quoi s'agit-il ?

– Lorsque tu as attaqué Caen, lors du débarquement, n'aurais-tu pas fréquenté un certain Duncan Mac Gordon et un dénommé David Multon ?

– Ah, les Écossais ! Une sacrée équipe. Le colosse, Mac Gordon, marchait toujours en tête. Invulnérable. Un gaillard, un vrai. L'autre, comment l'appelles-tu ?

– David Multon, stature moyenne, tête de fouine, lèvres pincées, grandes oreilles décollées.

Le colonel réfléchit quelques secondes.

– Ça y est, je vois… Un sale petit bonhomme à qui il est arrivé une drôle d'histoire. Si Duncan Mac Gordon ne m'avait pas affirmé qu'il n'y était pour rien, je crois que je l'aurais fait fusiller. Voilà ce qui s'est passé…

Sir Arthur Mac Crombie, alors âgé de quinze ans, mais en paraissant bien davantage et enrôlé avec de faux papiers, donna la version des événements qu'il tenait pour vraisemblables, après tant d'années. Higgins avait imaginé une histoire de ce genre, quoique moins lamentable. Par malheur, le colonel enchaîna sur le débarquement proprement dit, ce qui occupa l'homme du Yard une bonne partie de la matinée.

Il ne lui restait plus qu'à contacter William Stafford, directeur de théâtre, auteur de pièces et spécialiste de Shakespeare. Un personnage truculent et jovial qui passait ses loisirs à jouer *Richard III, Le Songe d'une nuit d'été* ou *La Tempête* en interprétant tous les rôles. Il tenait à jour un fichier unique au monde, comportant les dates et les lieux de représentation des pièces de Shakespeare sur les cinq continents, sans omettre la distribution.

Il était onze heures du matin ; Higgins le réveilla.

– La police à l'aube ! s'exclama William Stafford. Tu m'arrêtes ?

– Les preuves me manquent encore, avoua Higgins ; as-tu entendu parler d'un nommé Andrew Wallis ?

– Non… ça ne me dit rien ; en tout cas, il n'a jamais joué Shakespeare. À propos, quand fais-tu tes débuts dans *Hamlet* ?

– Aurais-tu la distribution de *Mesure pour mesure* donné il y a trois ans au théâtre de Coventry ?

– Bien entendu… Une petite minute.

Les investigations furent rapidement menées. Il communiqua à Higgins les noms des acteurs qui avaient joué la pièce à Coventry, assortie d'une description physique, grâce à une photographie de la troupe prise à la fin de la représentation. Mis dans l'obligation d'accepter une invitation à dîner au cours duquel Stafford lui offrirait la primeur de sa nouvelle interprétation du *Roi Lear*, Higgins eut néanmoins la satisfaction de pouvoir, grâce à ce contact, élucider un point obscur.

*
* *

Après avoir absorbé un peu de chou bouilli arrosé d'un whisky revigorant, Higgins accomplit un nouveau périple à l'intérieur et à l'extérieur du château. Il demeura longtemps dans chacun des endroits où s'était déroulé l'un des épisodes du drame : la grande salle, le bureau de Duncan Mac Gordon, l'escalier dérobé menant à la petite pièce sous les combles, la pièce elle-même, la chambre d'Andrew Wallis, la grande cour, la cour du cairn. L'ex-inspecteur-chef ressentit une sourde angoisse partout diffuse, comme si l'âme de Duncan Mac Gordon était décidée à hanter les lieux tant que la vérité ne serait pas découverte.

Higgins se prit à douter de lui-même. Il avait arrêté une stratégie, mais sa marge de manœuvre était étroite. Les indices matériels ne manquaient pas, mais si son point de départ était erroné, tout le reste s'effondrerait.

Higgins se sentait observé : une silhouette, au premier étage, dissimulée derrière une tenture. L'identité de l'individu qui le manipulait depuis son arrivée au château ne faisait plus de doute. Elle donnait le ton de la macabre partition qu'avaient jouée les membres du clan Mac Gordon.

Son imperméable trempé, Higgins rentra au château. Il se rendit jusqu'à la chambre de Kathrin Mac Gordon et frappa à plusieurs reprises, sans obtenir de réponse. Inquiet, il entrebâilla.

Kathrin Mac Gordon dormait tout habillée sur son lit, sa respiration était saccadée. Higgins ne s'autorisa pas à la réveiller. « Vous me causez bien du souci, madame Mac Gordon », murmura-t-il en s'éclipsant, tandis que l'épouse de feu Duncan l'observait du coin de l'œil, paupière à peine soulevée.

30

À dix-neuf heures précises, dans la grande salle du château, Higgins prit place au bout de la table autour de laquelle étaient assis les membres du clan Mac Gordon. À droite de l'ex-inspecteur-chef, Kathrin Mac Gordon, vêtue d'une blouse noire et d'un kilt aux couleurs du clan.

— Je vous ai réunis, commença Higgins, pour que nous tentions d'éclaircir ensemble trois morts mystérieuses, celles de Duncan Mac Gordon, de son chien Ivanhoe et d'Andrew Wallis ; selon toute probabilité, il s'agit de trois crimes. Et les assassins sont parmi nous.

Kathrin Mac Gordon demeura impassible, quoique très crispée. Face à Higgins, à l'autre bout de la table, Mark Orchard haussa les épaules. Sur la gauche de Higgins, les trois femmes. La plus proche de lui, Barbara Multon, lui adressa un sourire douceâtre. Alice Brown, le visage fermé, semblait absente. Jennifer Scinner, guindée, ne dissimula pas son mépris. Sur la droite de l'ex-inspecteur-chef, trois hommes : le brigadier David Multon se ratatina, un tic faisant battre sa paupière droite ; le docteur Michael Scinner s'épongea le front avec un mouchoir douteux ; le pasteur Littlewood se tassa sur lui-même, jetant un regard apeuré vers le notaire Orchard.

– Ce sont des accusations d'une extrême gravité, souligna ce dernier ; j'espère que vous disposez de preuves tangibles.

– Ne vous faites aucun souci, maître ; j'ai omis de mentionner la tentative d'assassinat contre Mme Mac Gordon, à l'intérieur même du caveau familial.

Ces dernières paroles glacèrent l'assemblée. L'auteur de ladite tentative était forcément parmi les personnes présentes… Le pasteur Littlewood toussota, Barbara Multon fut victime d'un début de malaise qu'un regard désapprobateur de son mari dissipa aussitôt.

– Il m'apparaît nécessaire, continua Higgins, de reprendre cette affaire à son début. La dernière lettre de Duncan Mac Gordon m'a été adressée à mon domicile : un appel au secours, car il se sentait menacé de mort. Saviez-vous, madame Mac Gordon, que votre mari avait fait cette démarche ?

– Je l'ignorais, inspecteur ; c'est vous qui me l'avez appris.

– Quelqu'un d'autre en était-il informé ? demanda Higgins à l'assemblée.

Tous restèrent muets.

– Cette lettre m'a beaucoup surpris, elle me paraissait en désaccord avec le caractère de mon ami Duncan. Il était homme à résoudre ses problèmes seul, fussent-ils graves, sans faire appel à quiconque. J'ai cru un temps que cette missive était un faux ; après une analyse approfondie, j'ai dû me rendre à l'évidence : il s'agissait bien de l'écriture de Duncan. À moins qu'un faussaire de génie n'eût réussi une imitation parfaite ; les graphologues s'entendent néanmoins pour dire que c'est impossible. Quel est votre avis sur ce point, maître Orchard ?

— Pourquoi me demandez-vous ça ? s'étonna le notaire, irrité.

— En raison de votre passe-temps favori : la calligraphie. J'ai noté la présence, dans votre bureau, d'ouvrages consacrés à cette belle science.

— Héritage familial. Je ne pratique pas moi-même.

— Regrettable, maître ; ce doit être un passe-temps passionnant. J'ai donc admis que mon ami Duncan avait un besoin urgent de ma présence et réagi avec un maximum de rapidité. Hélas ! je suis arrivé trop tard. La mort avait déjà frappé, et ce fut mon second sujet d'étonnement. Le criminel s'était montré d'une extrême promptitude, surtout s'il n'était pas au courant de ma venue. Pourquoi Duncan m'aurait-il averti si tard ? Était-il inconscient ou avait-il commis une erreur qui obligeait l'assassin à agir avec précipitation ? Cette dernière solution m'apparut être la bonne. Sans aucun doute, la convocation des membres du clan, un par un, déclencha la suite tragique des événements. Convocation que vous m'avez longtemps dissimulée, les uns et les autres.

Kathrin Mac Gordon réagit avec vivacité.

— Je croyais vous avoir fait comprendre, inspecteur, qu'il s'agissait de conversations privées ne concernant que les membres du clan.

— C'est bien pourquoi, madame, elles sont au cœur de l'énigme qui nous occupe. Nous y reviendrons en détail, et il faudra bien que vous m'appreniez ce qui s'est exactement passé ce soir-là. Autre bizarrerie : la coupure du téléphone, dans la journée précédant la mort de Duncan Mac Gordon, comme si l'on avait voulu isoler le château du reste du monde. Impossible de correspondre directement avec ses habitants. J'ai eu tort de supposer que j'arriverais à temps pour éviter le pire.

Après un soubresaut de son triple menton, le pasteur Littlewood intervint d'une voix sentencieuse.

— Votre présentation des faits, inspecteur, implique une sorte de complot. Pire, une abominable machination !

— C'est Dieu qui vous inspire, mon père ; elle est encore plus abominable que vous ne le supposez. Pour moi, la question fondamentale demeure : de qui Duncan Mac Gordon pouvait-il avoir peur ? C'est seulement quand j'ai réussi à répondre – car il n'y avait qu'une seule réponse possible – que tout s'est éclairé.

Jennifer Scinner toussota, le docteur Scinner cracha dans son mouchoir, le notaire et le pasteur se consultèrent du regard ; anxieux, le brigadier Multon observa sa femme Barbara d'un œil méchant, lui ordonnant de se taire. Alice Brown accorda enfin un peu d'attention à Higgins. Kathrin Mac Gordon ferma les yeux un court instant.

— Trois meurtres, continua Higgins, très concentré sur son sujet, mais combien de meurtriers ? Un seul qui aurait frappé à trois reprises, deux assassins, trois, davantage ? Pour envisager une réponse, demandons-nous à qui ces crimes profitent. Mettons de côté le cas du chien Ivanhoe, en apparence inexplicable, et respectons la logique qui m'oblige à désigner une seule personne : Kathrin Mac Gordon.

31

Des « Oh ! », des « Ah ! », des raclements de gorge ponc-
tuèrent l'affirmation de Higgins. Kathrin Mac Gordon ne
sourcilla point, comme si la déclaration de l'ex-inspecteur-
chef ne la concernait pas. Ce dernier ne fut pas surpris par
cette absence de réaction, ne s'attendant pas à ce que les
remparts de la duplicité cédassent à sa première attaque.

— Il faut parfois se méfier de la logique élémentaire, jugea
Higgins, surtout en matière de crime. De graves soupçons
pèsent sur Mme Mac Gordon, il est vrai ; mais il est également vrai que certains auraient intérêt à la faire accuser.
Reconnue coupable, elle perdrait ses droits sur l'héritage
qui serait alors divisé entre les membres du clan.

— Pure folie ! protesta Jennifer Scinner ; vous calomniez
un clan écossais tout entier !

La propriétaire terrienne avait jeté son fiel avec violence.

— J'apprécie votre coopération, mademoiselle Scinner,
mais croyez bien que les certitudes matérielles ne sont pas
absentes ; en voici quelques-unes, qui ont jalonné mon
enquête.

S'emparant d'une lourde valise, cachée sous son siège,
Higgins la posa sur la grande table et l'ouvrit. Il en sortit
un pull-over appartenant à Andrew Wallis, une gaule
démontée en plusieurs morceaux, un verre à whisky, un

flacon de produits pour rosiers, une lettre. Les membres du clan, surpris, contemplèrent longuement ce bric-à-brac.

– Tout cela, commenta Higgins, accuse plus ou moins directement Kathrin Mac Gordon, mais il manque le testament remis entre les mains du notaire d'Édimbourg. Maître Orchard, connaissiez-vous la teneur du dernier document rédigé par Duncan Mac Gordon, accordant son héritage à son épouse et à Andrew Wallis ?

– Bien sûr que non ! ragea Mark Orchard ; sinon, j'aurais convaincu Duncan de revenir sur sa décision.

– Ou bien vous auriez tenté de créer un document contradictoire en utilisant votre expérience de calligraphe... Mais rien de tel ne s'est produit. Question essentielle : le testament avait-il été refait avant ou après cette soirée où Duncan Mac Gordon vous avait reçus à tour de rôle ? Le notaire d'Édimbourg m'a appris qu'il était déposé chez lui depuis une semaine. Duncan l'avait cependant averti que de nouvelles modifications pourraient intervenir à une date précise : le lendemain de cette soirée où le maître du clan a disparu. Madame Mac Gordon, saviez-vous que votre mari avait modifié ses dispositions testamentaires ?

– Je l'ignorais, inspecteur.

Un brouhaha prouva que les membres du clan mettaient en doute la déclaration de leur nouvelle souveraine.

Ce tumulte n'impressionna pas Kathrin Mac Gordon, dont le calme semblait inébranlable.

– Par conséquent, conclut Higgins, vous ignoriez aussi que la fortune totale vous revenait en cas de décès de votre cohéritier, Andrew Wallis ?

– Tout à fait.

Un silence gêné succéda aux protestations. Le système de défense de Kathrin Mac Gordon paraissait bien faible.

– Ne pourrait-on admettre que Duncan ait été victime d'une déficience mentale en concevant pareil testament ? intervint le docteur Michael Scinner.

– Non, docteur. Le document a été rédigé dans le bureau même du notaire en présence de deux témoins dignes de foi : un superintendant de Scotland Yard et un haut fonctionnaire des finances. Duncan Mac Gordon avait pris ses précautions pour que ses dernières volontés ne fussent remises en cause par personne. Revenons à cette étrange soirée, à l'origine du drame.

Higgins ouvrit son carnet à la page où il avait noté une précieuse liste.

Nom du visiteur	Heure du début de l'entretien	
Alice Brown	21 h 40	×
Andrew Wallis	22 h	×
Mark Orchard	22 h 20	×
Jennifer Scinner	22 h 40	×
Kathrin Mac Gordon	23 h	×
Peter Littlewood	23 h 20	
Barbara Multon	23 h 40	
Michael Scinner	0 h	
David Multon	0 h 20	

– Duncan Mac Gordon avait fixé à chacun d'entre vous une heure de rendez-vous précise ; il semblerait que chacun l'ait respectée. J'ai obtenu une sorte de double gravé dans le buvard de son sous-main. Duncan écrivait d'une plume très lourde. En face du nom de ses cinq premiers visiteurs, une croix ; elle indiquait probablement que la conversation avait eu lieu. Ensuite, plus rien. En face des quatre derniers noms, pas de croix. D'après ce document, la dernière croix a été inscrite en face de votre nom, madame Mac Gordon.

Vous auriez donc été la dernière à voir vivant le maître du clan. Auriez-vous une autre explication ?

Cette fois, les traits du visage de la veuve se contractèrent.

— Je n'ai rien à dire.

— C'est trop facile, protesta le brigadier Multon, vous ne répondez à aucune question !

Kathrin Mac Gordon le foudroya du regard.

— Ne me parlez pas sur ce ton, David ! Vous oubliez à qui vous vous adressez. Je suis la maîtresse du clan, vous me devez obéissance et respect.

Le brigadier Multon baissa la tête.

— Il existe une explication simple pour résoudre le problème des croix, indiqua Higgins. Duncan n'en a pas tracé en face des noms des visiteurs qui vous suivaient, madame Mac Gordon, car vous l'aviez tué à vingt-trois heures.

— 32 —

– Je n'ai pas assassiné mon mari, affirma Kathrin Mac
Gordon, d'une voix ferme.

Higgins se tourna vers elle, dans l'attitude d'un confesseur indulgent, prêt à tout comprendre.

– Pourtant, madame, vous m'avez menti en prétendant
vous être couchée à vingt-trois heures. Cette liste prouve
que c'est inexact et vous ne pouvez la contester ; à cette
heure-là, vous vous trouviez dans le bureau de Duncan.
Vous êtes une femme intelligente ; de votre part, une erreur
aussi grossière me surprend. À quoi bon pareille invention ?

Kathrin Mac Gordon se mordilla les lèvres, son impas-
sibilité fondait à vue d'œil.

– Vous avez donc bien menti. Pourquoi ?

Higgins adressait sa question aux membres du clan, semblant indifférent au sort de Kathrin Mac Gordon.

– Parce que… parce que Kathrin est coupable de meurtre, répondit le notaire Mark Orchard. C'est affreux, mais
voici la réalité !

– Votre hypothèse, maître, n'est pas entièrement satisfaisante. Si Duncan Mac Gordon est mort pendant l'entretien
avec son épouse, quatre d'entre vous ont menti : le pasteur
Peter Littlewood, Barbara Multon, le docteur Michael
Scinner et le brigadier David Multon. Ils ont prétendu

discuter avec Duncan Mac Gordon de tel ou tel point, omettant de me signaler qu'il était réduit à l'état de cadavre !

« Calomnie ! », « C'est faux ! », « Incroyable ! », « Scandaleux ! »… Les suspects protestèrent tous ensemble, avec une belle indignation. Higgins leva la main droite pour faire cesser cette cacophonie.

– Admettons que vous ayez dit la vérité ! En ce cas, les croix portées en face de certains noms ne signifient plus rien et ne sont peut-être pas de la main de Duncan Mac Gordon. Une autre hypothèse pourrait s'imposer : et si le maître du clan avait été tué avant l'entretien avec sa femme ? Comme Mme Mac Gordon a menti, elle a peut-être trouvé son mari mort. Le criminel ? Jennifer Scinner, Mark Orchard, Andrew Wallis ou Alice Brown.

« Méprisable », jugea Jennifer Scinner, pincée. « Insensé », commenta le notaire Orchard. Alice Brown se contenta d'une moue désapprobatrice.

– Il y a encore cette pendule arrêtée à une heure cinq, continua Higgins, comme si l'on voulait me faire croire qu'il s'agit de l'heure du décès, donc bien après la fin des entretiens. Cela innocente tous les membres du clan… ou les laisse tous suspects. À première vue, on pourrait supposer que Kathrin Mac Gordon et Andrew Wallis, en tant qu'héritiers, étaient de mèche, formant bloc contre le reste du clan qui avait intérêt à les supprimer. Andrew Wallis est mort, Mme Mac Gordon a fait l'objet d'une tentative d'assassinat.

Le notaire Orchard se leva, très digne.

– En tant qu'autorité morale de ce clan, je proteste solennellement contre ces allégations dépourvues de tout fondement. J'exige des excuses en bonne et due forme.

– Rasseyez-vous donc, maître ; j'ai une autre solution qui vous rassurera. Kathrin Mac Gordon et Andrew Wallis n'avaient aucun point commun. Ils ne s'entendaient pas, et

Andrew savait que Mme Mac Gordon avait tué son mari. Peut-être l'avait-il surprise, lui qui était habitué à rôder dans le château tard la nuit. Il était décidé à se venger, un jour ou l'autre. Kathrin Mac Gordon décida d'agir la première, d'autant plus qu'en supprimant ce jeune homme, elle devenait la seule héritière de la fortune du clan.

La pâleur naturelle de Kathrin Mac Gordon s'accentua, ses yeux verts s'assombrirent.

— Vous pensez vraiment, inspecteur, que j'aurais pu tuer cet enfant ! protesta-t-elle d'une voix frémissante. Je vous rappelle que j'étais couchée, endormie, après l'absorption de somnifères. Je n'ai appris le décès d'Andrew que longtemps après le drame.

Higgins tourna une page de son carnet.

— Exact, madame, ce point précis est gênant pour la démonstration. Il reste une autre possibilité : malgré les apparences et l'accumulation d'indices, vous êtes innocente. C'est une partie du clan qui est coupable.

— Mon fils… tenta d'intervenir le pasteur Littlewood dont le triple menton tressauta.

— Certains ont décidé d'assassiner Duncan Mac Gordon, poursuivit Higgins, parce qu'il voulait les déshériter. Il le leur avait annoncé ce fameux soir, sans préciser qu'un nouveau testament était déjà entre les mains d'un homme de l'art. Ivanhoe, son chien, a été supprimé pour qu'il n'identifie pas le ou les meurtriers. Une série de fausses preuves a été montée de toutes pièces pour faire condamner Kathrin Mac Gordon, lui ôter la souveraineté du clan et la rendre indigne d'hériter. Pour faire bonne mesure et ne pas laisser trente pour cent de la fortune à Andrew Wallis, il a fallu le supprimer. Le plan établi se déroulait correctement, puis les factieux se sont affolés. Ils ont tenté de supprimer Mme Mac

Gordon parce que l'enquête ne concluait pas assez vite à sa culpabilité.

Higgins observa un silence que personne n'osa rompre.

— Cette fois, poursuivit-il, tout se tient ; les témoignages de plusieurs membres du clan se recoupent forcément au désavantage de Kathrin Mac Gordon, puisqu'ils sont de mèche. Il est temps de parler, à présent ; ayez au moins le courage d'avouer.

Le moment de surprise passé, les membres du clan se ressaisirent. Ils se regardèrent les uns les autres, s'encourageant à tenir bon.

— Nous pourrions aisément réfuter votre argumentation, indiqua le notaire Orchard, approuvé par sa voisine Jennifer Scinner. Mais nous préférons garder un silence outragé, à la mesure de la noblesse de notre clan, l'un des plus anciens et des plus respectés d'Écosse.

Le pasteur, le médecin et Barbara Multon auraient volontiers protesté de leur innocence, mais l'intervention du notaire les forçait à respecter la consigne.

— Madame Mac Gordon, reprit Higgins, je m'adresse à vous en tant que chef de ce clan ; m'autorisez-vous, dans le cadre même de cette demeure, à interroger les personnes ici présentes, de façon très approfondie, afin que la vérité se fasse jour ? Si vous ne le désirez point, je me retire et d'autres policiers reprendront l'affaire.

Kathrin Mac Gordon devint le point de mire de l'assemblée. Chacun se suspendit à ses lèvres, attendant un verdict qui risquait de modifier le cours du destin.

— Faites comme bon vous semblera, inspecteur, consentit-elle dans un murmure.

Higgins inclina la tête avec gravité. Plus rien, désormais, ne l'empêcherait d'aller jusqu'au bout.

33

— Honorable, le clan Mac Gordon ? s'interrogea Higgins. Pour l'extérieur, peut-être… Mais pourquoi garde-t-il son secret alors que des crimes ont été commis ? Pourquoi chacun d'entre vous s'obstine-t-il à se taire, sinon pour cacher des actes honteux ?

— Inspecteur, avança le pasteur Peter Littlewood avec une certaine fougue, en tant que conscience du clan, je proteste et je…

— Eh bien, mon révérend, commençons par vous !

Le pasteur s'incrusta davantage dans son siège.

— Ne vous cantonnez-vous pas dans le mutisme et le mensonge ? Serait-ce à cause de vos amours ? J'ai commencé à acquérir une certitude en découvrant chez vous et chez le notaire Orchard la même photographie. Vous étiez captés pour la postérité tel un couple… très uni.

Le pasteur s'étrangla, se tournant vers le notaire, imperturbable.

— Mark… Mark… Mais dis quelque chose ! Explique-lui…

Mark Orchard préféra se tenir coi.

— Scotland Yard a sur vous un triste dossier, mon révérend. Rien de très reluisant : des ragots, des lettres anonymes vous impliquant dans une affaire de détournement de

mineur. Affaire étouffée en haut lieu, en raison d'une intervention de Duncan Mac Gordon, lequel s'appuyait sur un
rapport du brigadier-chef Multon.

— Exact, précisa ce dernier. Vous l'avez dit vous-même,
inspecteur : rien que des ragots. Le pasteur Littlewood était
innocent.

— Pourquoi pas ? s'interrogea Higgins, dubitatif ; en tout
cas, cette sombre histoire m'a permis de mieux comprendre
le comportement du pasteur. Il accuse Kathrin Mac Gordon
d'être une femme de mauvaise vie, dissolue… Mais toutes
les femmes ne méritent-elles pas ce jugement, mon révérend, simplement parce qu'elles sont des femmes ?

— Eh bien…

Le pasteur perdait ses maigres ressources. Les membres
du clan connaissaient ses penchants, mais les voir abordés
ainsi, ouvertement, sans pudeur, les privaient d'esprit de
répartie.

— Vous êtes dépositaire d'un stock de médicaments
parmi lesquels certains auraient pu mettre fin à l'existence
de Duncan Mac Gordon, indiqua Higgins.

Les yeux exorbités, le triple menton gonflé, le pasteur
Littlewood cherchait de l'air.

— Le docteur Scinner me signe un bon de sortie à chaque
fois que…

— Je ne vous crois pas capable de tuer vous-même. Mais
avec l'aide d'un complice…

— En ce cas, protesta le pasteur Littlewood, on n'avait
pas besoin de me demander mon avis ! Il suffisait de voler
le produit chez moi et d'agir.

— Sans que vous vous en aperceviez ? Vous êtes si méti-
culeux ! Il y a plus grave : la prétendue disparition d'un
produit pour rosiers, hautement toxique, conduisant tout
droit à Mme Mac Gordon. Vous vouliez la faire soupçonner

175

d'empoisonnement ; or, j'ai constaté que Kathrin Mac Gordon n'utilisait aucun agent chimique pour entretenir sa magnifique roseraie. Vous, au contraire, comme tous les mauvais jardiniers, en abusez. C'est vous qui avez déposé – ou fait déposer – ce flacon de produit toxique dans la roseraie du château. Je suppose qu'Alice Brown ne vous aurait pas refusé ce service.

Le visage austère de l'intendante ne frémit même pas.

– Un détail, mon révérend : la substance qui a tué Duncan Mac Gordon n'est en rien semblable à celles qui composent ce produit pour rosiers. Votre plan était aussi abject que précipité.

Le pasteur Littlewood se tassa sur lui-même pour faire oublier sa présence ; par en dessous, il regarda le notaire Orchard, quêtant un peu de réconfort. Higgins saisit cette occasion pour aborder celui qui désirait tant prendre la tête du clan.

– Maître Orchard, vous un homme d'ordre, pointilleux, observateur. Votre ambition est dévorante, vous estimez que la direction du clan devrait vous revenir, et vous êtes prêt à tout afin de l'obtenir. Pour vous, comme pour vos complices, une obsession : charger au maximum Kathrin Mac Gordon.

Mark Orchard découvrit ses dents très blanches en un sourire narquois. Les arguments de Higgins ne le démontaient pas.

– Cette ambition vous a fait commettre deux erreurs, continua l'ex-inspecteur-chef ; la première est de m'avoir trop bien écouté quand je vous ai confié, dans votre bureau, que Kathrin Mac Gordon allait tout révéler. Comme par hasard, on a tenté de la tuer à l'intérieur du cairn ; geste précipité et inefficace. Or, vous étiez tout près d'elle.

– Je n'étais pas le seul, protesta le notaire. Tout le clan était rassemblé.

– Mais vous étiez le seul à bénéficier de l'information confidentielle que je vous avais offerte… À moins que vous ne l'ayez transmise aux autres membres du clan.

Certains auraient voulu nier avec véhémence, mais le regard que le notaire jeta autour de lui imposa silence.

– Madame Mac Gordon, dit Higgins en se tournant vers elle, êtes-vous tout à fait incapable d'identifier votre agresseur ?

– Je… Oui, tout à fait.

Higgins n'insista pas, préférant continuer sur un autre terrain.

– Votre seconde erreur, maître, est d'avoir utilisé vos compétences de calligraphe en empruntant de mauvais chemins. Vous avez beau prétendre que vous ne pratiquez pas l'art d'imiter les écritures, je ne vois pas qui d'autre aurait si bien truqué les titres de propriété de Jennifer Scinner pour faire croire au clan qu'elle était encore détentrice d'une jolie fortune.

Fière, virile, vêtue d'un costume sombre, Jennifer Scinner se leva à son tour, tel un diable jaillissant d'une boîte.

– Qu'est-ce que ça signifie, inspecteur ?

– Vous le savez fort bien, mademoiselle Scinner : une pauvre machination pour éblouir ceux qui vous entourent. Votre fameuse fortune, presque l'égale de celle de Duncan, j'en ai douté en voyant votre château de pacotille ; vous aussi, comme le notaire Orchard, rêvez de puissance. C'est d'ailleurs pourquoi vous vous êtes mis d'accord, sous-entendant que vous vous détruiriez l'un l'autre une fois votre but atteint.

Frémissante, statue vivante de l'outrage subi, Jennifer Scinner défia l'homme du Yard.

— Je vous interdis de m'insulter !

— Asseyez-vous et calmez-vous, trancha Higgins. Il y a eu meurtre, vous l'oubliez, et j'ai l'autorisation de la souveraine du clan de mettre en lumière vos turpitudes.

Le ton de l'ex-inspecteur-chef avait été si incisif que la hargne de Jennifer Scinner retomba. Matée, elle écouta le réquisitoire.

— Votre façade sociale n'est qu'un trompe-l'œil. La sinistre demeure où vous tissez votre toile n'est qu'un leurre, né du désir de faire aussi beau, aussi riche que le maître du clan. Vous avez rêvé de fortune et demandé au notaire Orchard de concrétiser ce rêve. Quand notre entretien a pris fin, vous lui avez aussitôt téléphoné pour lui dire : « Surtout, ne parlez pas des titres ! », ces titres truqués qui vous accordent des terres n'existant que dans votre imagination. Il ne m'a pas été très difficile de le découvrir, avec l'aide du notaire d'Édimbourg.

Jennifer Scinner baissa la tête. Higgins crut qu'elle allait s'effondrer, mais elle reprit le dessus.

— En quoi mes rêves concernent-ils une affaire criminelle ? Vous m'avez humiliée devant le clan ! Que désirez-vous d'autre ?

— La vérité, répondit Higgins.

34

L'ex-inspecteur-chef se plaça derrière Jennifer Scinner qui se raidit sur son siège, n'osant pas se retourner.

— Vous souhaitiez épouser Duncan, mademoiselle Scinner, et vous avez répandu le bruit selon lequel il vous aurait préférée à votre sœur.

— C'est faux ! s'exclama Kathrin Mac Gordon, dont l'émotion ne semblait pas feinte.

— C'est faux, en effet, continua Higgins. Autre mensonge, plus grave encore, mademoiselle Scinner, celui qui concerne le prêt de deux mille livres sterling que vous avez accordé à votre sœur. Une goutte d'eau dans votre immense fortune, croyait-on ; en réalité, la quasi-totalité de vos économies.

— J'ai agi par respect et par amitié pour ma sœur.

Jennifer Scinner sentait qu'elle pouvait reprendre l'avantage ; son geste n'apparaissait-il pas des plus honorables ?

— Comment osez-vous évoquer de pareils sentiments, alors que vous avez accusé votre sœur de mener une double vie ? Vous étiez heureuse de lui prêter cet argent parce qu'il devait servir à cacher quelque acte inavouable, par exemple une grossesse indésirable. Les deniers de Judas ! Voilà votre prétendue générosité. Et pourquoi avoir conservé une reconnaissance de dette, alors que votre sœur vous avait remboursé — et très largement — son emprunt ?

179

Jennifer Scinner n'osa pas soutenir le regard de Kathrin.

— Vous avez été bien imprudente, madame Mac Gordon, d'accorder ainsi votre confiance ; c'était ouvrir la porte aux plus basses calomnies. Pourquoi ne pas avoir demandé cette somme à votre mari ?

— Il me l'aurait refusée, répondit vivement Kathrin ; j'en avais besoin pour… pour…

Elle rougissait, mal à l'aise.

— Ne commettez pas un mensonge de plus, l'interrompit Higgins : vous en aviez besoin pour couvrir les malversations de votre intendante Alice Brown, qui avait détourné des fonds appartenant au clan. Vous l'appréciez, même si cette dernière ne vous le rend guère, et vous avez ainsi évité un scandale.

Tous dévisagèrent Alice Brown, nullement troublée par les accusations de Higgins. La rouquine resta muette.

— La manière dont Alice Brown avait truqué les comptes n'était pas des plus habiles, mais vos surcharges à l'encre noire, madame Mac Gordon, l'étaient encore moins. Vous avez tenté de rétablir les vrais chiffres ; de vous à moi, je crains que Duncan ne s'en soit aperçu, même s'il a feint de tout ignorer.

Higgins n'eut qu'un pas à faire pour se placer derrière l'intendante.

— Alice Brown est une personne surprenante. Enfance malheureuse, travailleuse, consciencieuse, mais très attirée par l'argent ; toute petite, elle a pris goût au vol et a eu l'idée de truquer les comptes pour empocher des sommes qui n'apparaîtraient nulle part. Mais ses connaissances comptables étaient trop limitées, et Mme Mac Gordon a tout fait pour sortir son intendante de ce mauvais pas. Vous n'avez commis qu'un acte tout à fait irréfléchi, mademoiselle Brown : tenter de brûler le livre de comptes dans votre cuisinière, de peur que je n'aie l'idée de l'examiner. Vous devriez savoir que rien ne se calcine moins bien que des liasses de papiers serrées dans une reliure. J'espère que la charité de Kathrin Mac Gordon vous aura ouvert les yeux.

Higgins attendait un témoignage de sensibilité de la part d'Alice Brown, l'indice d'une quelconque émotion, mais rien ne se produisit. L'ex-inspecteur-chef fit un nouveau pas de côté pour s'occuper de Barbara Multon qui sursauta dès qu'elle le sentit derrière elle. La jeune femme se tourna à demi.

— Inspecteur, je vous assure…

— Je me suis laissé dire que vous détestiez les chiens au point de les empoisonner.

Les délicieuses fossettes de la jolie Barbara se creusèrent.

— Pas du tout ! protesta-t-elle ; c'est mon mari, David, qui ne les supporte pas ! Ils le dérangent quand il pêche.

Elle avait baissé la voix, évitant le regard furieux du brigadier.

— Vous êtes une personne sûre de ses charmes, madame Multon. Trop, peut-être, car vous troublez beaucoup d'hommes, à Landonrow.

Barbara rosit.

— Je ne le fais pas exprès, inspecteur.

— Le seul homme que vous vouliez à tout prix séduire vous voyait à peine ; pourtant, vous passiez et repassiez devant lui dans les tenues les plus aguicheuses, même en présence de sa femme. Je me trompe, madame Mac Gordon ?

— Je… je n'ai rien à déclarer sur ce point.

Barbara Multon, son petit front plissé, adopta un ton pointu, presque agressif.

— Duncan Mac Gordon était amoureux de moi, follement amoureux ! J'ai une preuve.

– La lettre que j'ai trouvée dans son bureau, là où vous me l'avez indiqué ?

Barbara Multon triomphait.

– Il y a des termes fort enflammés dans cette lettre, admit Higgins. Cela expliquerait la jalousie de Mme Mac Gordon qui a forcément lu cette missive ; elle aurait donc tué son mari pour se venger de son infidélité.

– Vous avez tout compris, inspecteur ! triompha Barbara.

Kathrin Mac Gordon ne réagit d'aucune façon, paraissant accepter cette interprétation des faits.

– Il n'existe qu'un seul inconvénient à cette théorie, madame Multon, précisa Higgins : cette fameuse lettre n'a pas été écrite par Duncan Mac Gordon, mais par vous-même !

Les quelques sourires qui commençaient à fleurir sur les visages des membres du clan s'éteignirent brutalement.

Barbara Multon poussa un petit cri qu'elle étouffa en portant la main à sa bouche.

– Vous avez même été assez stupide, madame Multon, pour ne pas demander au notaire Orchard d'imiter l'écriture du maître du clan. Le clan vous avait confié une bien sordide mission : briser le mariage de Duncan et de Kathrin, et l'échec vous fut insupportable. Alors, de votre propre chef, vous avez décidé de salir la mémoire de Duncan Mac Gordon pour faire accuser Kathrin, la femme qui se mettait en travers de votre route ; et vous avez même utilisé la calomnie en prétendant que votre mari, le brigadier David Multon, avait aidé Duncan Mac Gordon pour mener à bien des affaires louches. Le confirmez-vous, mon cher collègue ?

Higgins délaissa Barbara Multon, effondrée, passa derrière Kathrin Mac Gordon, très tendue, et se plaça sur le côté gauche de David Multon dont les lèvres étaient encore plus pincées qu'à l'ordinaire. Ses petits yeux semblaient s'être rapprochés, sa paupière droite battait comme une mécanique déréglée.

— Il y a du vrai, là-dedans. Duncan, vous comprenez, c'était le chef, et j'étais bien obligé…

— Ce qui est vrai, précisa Higgins, c'est que vous avez prêté main-forte aux membres du clan quand ils se trouvaient en difficulté. Rapport complaisant sur l'affaire de mœurs où était impliqué le pasteur Littlewood, par exemple.

Le brigadier, dont le tic s'accélérait, regarda Higgins avec étonnement.

— J'avais l'accord de Duncan !

Higgins, accusateur, le fixa au fond des yeux.

— Je sais, mon cher collègue, je sais ; Duncan Mac Gordon vous a toujours protégé. Surtout lors du débarquement en Normandie, quand vous avez obtenu des décorations pour votre bravoure.

Le brigadier Multon toussota.

— Décorations, c'est beaucoup dire…

— Beaucoup, en effet ! Un colonel de mes amis, qui se souvenait bien de vous, m'a raconté ce qui s'est réellement passé, près de Caen. Vous étiez sous les ordres de Duncan Mac Gordon et vous vous êtes illustré par une lâcheté sans pareille. Paniqué, vous avez tiré dans le dos d'un soldat de votre propre régiment et vous l'avez tué. Duncan Mac Gordon a réussi à vous innocenter.

— Calomnie, protesta faiblement David Multon.

— Bien entendu, continua Higgins, on n'a pas poussé l'impudeur jusqu'à vous décorer ; c'est pourquoi vous êtes le seul Écossais survivant de ce tragique épisode à ne pas figurer au rang des héros du débarquement. Voilà qui vous êtes, brigadier : un policier d'opérette, sans noblesse ni courage, osant accuser Kathrin Mac Gordon d'avoir entravé votre carrière, capable d'assassiner par peur et de battre un chien parce qu'il vous dérange.

— Vous n'avez pas le droit, je...

— Pourquoi, continua Higgins, m'avoir d'abord déclaré que vous dormiez aux côtés de votre épouse Barbara, la nuit du crime, et avoir prétendu ensuite que vous faisiez chambre à part ?

Le brigadier regarda sa femme qui se détourna, ulcérée.

— Ma femme et moi, répondit-il en déglutissant, avons en effet décidé de... de... mais cela ne retire rien à nos sentiments.

— Pourquoi ce mensonge ? Pour vous forger un misérable alibi que vous avez détruit vous-même ?

— Je suis innocent ! affirma David Multon en se levant.

D'une ferme pression sur l'épaule gauche du brigadier, Higgins le força à se rasseoir.

— Duncan Mac Gordon a eu grand tort de vous protéger et de vous rendre responsable de la sécurité de ce village. Vous l'avez trahi, comme les autres, vous qui avez été le dernier sur la liste de ses rendez-vous, la nuit de sa disparition. Prétendez-vous toujours qu'il était encore vivant lorsque vous lui avez parlé... de la prochaine fête du village ?

David Multon hésita.

— Vivant... C'est-à-dire...

— Oui ou non, brigadier ?

David Multon baissa la tête, se renfrognant.

— Serez-vous plus loquace à propos du décès de l'épouse du docteur Michael Scinner ? Votre intervention a permis de classer un dossier concluant à une mort naturelle. L'était-elle vraiment ?

35

Michael Scinner sursauta. Assis à côté de David Multon, il poussa ce dernier d'un coup de coude pour faire face à Higgins.

— Je ne vous permets pas de salir la mémoire de ma pauvre épouse, inspecteur !

L'homme du Yard affronta le docteur Scinner dont le col de chemise était encore plus douteux qu'à l'ordinaire.

— Telle n'est pas mon intention, docteur ; c'est vous qui êtes concerné. Vous parer du titre de médecin ne serait-il pas excessif ? Personne, à Landonrow, ne semble avoir grande confiance en vos diagnostics ; il est vrai que vos consultations sont rares et que votre spécialité d'avorteur clandestin ne concerne qu'un nombre très réduit de clientes.

Les plaques violettes marquant le nez de Michael Scinner virèrent au rouge. Les poils de ses sourcils, épais et busqués, se hérissèrent.

— Vulgaires ragots ! Je ne comprends pas que vous leur accordiez le moindre intérêt.

— J'ai eu l'occasion de vérifier votre incompétence en vous posant quelques questions ; autant de pièges que vous n'avez pas su éviter. J'ai examiné votre trousse et les instruments que vous utilisez : du matériel ancien, servant à supprimer des vies gênantes. Et c'est bien vous, docteur Scinner, qui avez tenté de me faire croire que Kathrin Mac Gordon était venue vous demander conseil !

Se lissant une barbe mal taillée d'un geste nerveux, Michael Scinner intervint avec l'autorité d'un homme sûr de lui.

— J'aime beaucoup ma sœur, mais je dois à la vérité de révéler qu'elle était effectivement enceinte le jour où…

— N'allez pas plus loin, le coupa Higgins. Votre mensonge est suffisamment odieux.

— Mais enfin, je suis médecin et je sais quand même constater une grossesse !

Les yeux de Higgins brillèrent de colère contenue.

— Kathrin Mac Gordon ne peut avoir d'enfants, révéla-t-il.

Le docteur Scinner demeura la bouche ouverte. Higgins jeta un regard en direction de la maîtresse du clan qui se contenta d'un battement de cils que chacun interpréta comme un acquiescement.

— Vous ignorez tout de la vie privée de votre sœur, docteur Scinner. Avec Jennifer, vous aviez élaboré un plan que vous pensiez infaillible : le médecin faisait croire que Kathrin Mac Gordon était enceinte, preuve indéniable qu'elle avait trompé son mari. Elle consultait son frère, mais n'osait pas lui demander de mettre fin à sa grossesse. Il ne lui restait plus qu'à utiliser l'argent emprunté discrètement à Jennifer Scinner pour se faire avorter à Londres. Duncan finissant par découvrir l'infidélité de son épouse, cette dernière était obligée de le supprimer avant d'être répudiée. Sordide montage qui, une fois révélé, aurait dû rendre évidente la culpabilité de Kathrin Mac Gordon. Vous avez sans doute avorté une femme du clan, docteur Scinner, mais c'était Jennifer, qui, à force de vouloir narguer Duncan Mac Gordon avec n'importe qui, avait commis une imprudence.

Vous lui avez d'ailleurs téléphoné, dès la fin de notre entretien, pour la mettre en garde.

– Pure invention ! L'honneur du clan…

Michael Scinner n'osa pas poursuivre : le regard de Higgins le tétanisa.

– L'honneur du clan, répéta-t-il ; qu'en reste-t-il, après l'étalage de ces vilenies ? Je n'en ai pas fini avec vous, docteur Scinner. Vous êtes arrivé au château moins de dix minutes après l'appel de votre sœur Kathrin, annonçant la mort de son mari. Un temps record. Vous étiez donc habillé, réveillé, et non endormi dans votre lit ; pourquoi, sinon parce que vous aviez vu Duncan Mac Gordon mort et que vous attendiez cet appel d'un instant à l'autre ? À moins que vous ne l'ayez tué vous-même…

Michael Scinner se mit à trembler. Ses nerfs lâchaient, il ne parvint pas à articuler une réponse intelligible.

Higgins, mains croisées devant lui, très calme, parla avec gravité.

– Vous tous, membres du clan Mac Gordon, avez eu, dans le passé proche ou lointain, une conduite déplorable. Le maître du clan ne pouvait l'ignorer ; c'est pourquoi Duncan Mac Gordon vous a convoqué, un à un, ce fameux soir. Il vous a demandé d'avouer vos méfaits pour tester votre sincérité et votre degré de repentir, mais aucun de vous ne l'a convaincu. Il le pressentait, d'ailleurs, puisqu'il avait déjà rédigé un nouveau testament au profit de son épouse et de celui qu'il considérait comme son fils adoptif, Andrew Wallis. Il vous a d'ailleurs expliqué pourquoi il agissait ainsi ; tel que je le connaissais, il n'a pas dû être tendre. Accepter une telle situation vous a paru intolérable. En face de vous se dressait un ennemi redoutable, qui vous dépouillait de vos droits : Kathrin Mac Gordon.

187

Bien qu'il ne regardât point les suspects, préférant se concentrer sur sa démonstration, Higgins sentit que chacun retenait son souffle, attendant ses conclusions.

– Kathrin Mac Gordon, le nouveau chef du clan, poursuivit-il, d'un ton posé : vous demeurez bien énigmatique, madame. Les accusations portées contre vous étaient mensongères et les membres de votre clan ont tout tenté pour vous faire accuser. Pourquoi garder encore le silence ? Comment pouvez-vous être indifférente à cette haine qui vous environne ?

Kathrin Mac Gordon avait retrouvé sa prestance. Pendant cette pénible confrontation avec ses proches, elle avait paru tantôt nerveuse, tantôt désespérée ; à présent, elle recouvrait une certaine sérénité.

Mais elle demeurait muette.

– Je suppose, madame Mac Gordon, que vous attendiez l'identification d'un coupable et que vous êtes déçue.

Elle ne sourcilla point.

– Je ne vois pas pourquoi, inspecteur.

– Moi, si ! intervint brutalement le notaire Mark Orchard, le visage très rouge, parce que l'assassin, c'est elle ! Le clan a peut-être commis des erreurs en voulant vous aiguiller sur la bonne piste, inspecteur, mais il a raison sur le fond. Nous sentons tous que cette femme a tué Duncan. À vous de le prouver !

– C'est exact, approuva Jennifer Scinner ; elle se réjouit de nos malheurs, mais c'est elle qui en est la cause ! J'ai honte d'être sa sœur.

– Ma chère Jennifer n'a hélas pas tort, remarqua le docteur Michael Scinner. Le poids de la famille est parfois lourd à porter.

– Il faut bien se rendre à l'évidence, nota le pasteur avec onctuosité : le démon a égaré cette pauvre âme.

– Je suis prêt à vous aider, mon cher collègue, dit le brigadier David Multon.

– Mon mari est tout de même policier ! insista Barbara Multon.

L'intendante, Alice Brown, se contenta d'un regard morne en direction de sa maîtresse.

– Il ne vous reste plus qu'à conclure, inspecteur, déclara le notaire Orchard avec autorité.

Higgins dévisagea un à un les membres du clan, avec un regard si perçant que chacun se sentit touché jusqu'au fond de l'âme.

– Je crois, reprit-il, que Kathrin Mac Gordon ne peut plus continuer à se taire ; il est temps, madame, de révéler le secret du clan. Je vous écoute.

La douce et patiente souveraine du clan Mac Gordon frémit. Le vert tranquille de ses yeux devint farouche.

– Je n'ai rien d'autre à dire, inspecteur. Vous savez tout.

– Je vais donc être obligé de porter des accusations définitives ; en dépit des conséquences, persistez-vous dans votre attitude ?

Kathrin Mac Gordon se recueillit. La décision qu'elle prenait était sans doute l'une des plus lourdes de son existence. C'était bien le secret du clan qui était en jeu.

– Je n'ajouterai rien à mes précédentes déclarations, dit-elle enfin, très pâle.

– Je suis donc obligé d'accuser de meurtre tout le clan des Mac Gordon.

36

La déclaration de l'ex-inspecteur-chef déclencha un tollé général. Tous les membres du clan se levèrent, à l'exception de Kathrin Mac Gordon.

Les événements se déroulaient comme Higgins l'avait prévu ; il attendit patiemment que ce concert de protestations prît fin.

— Je vous accuse tous de mensonge, de forfaiture, de complicité et de meurtre… mais seulement sur la personne d'Andrew Wallis.

Le silence revint comme par miracle et chacun reprit sa place.

— Pour remonter à l'origine du drame, reprit Higgins, il faut d'abord élucider le meurtre de ce malheureux jeune homme. En l'assassinant, le clan a commis la pire des bassesses.

— Tout tend à prouver que la disparition du regretté Andrew était un accident, avança le pasteur Littlewood.

— Regretté est un mot de trop, rétorqua Higgins ; vous haïssiez tous Andrew Wallis parce qu'il connaissait le détail de vos turpitudes. Il constituait à lui seul un danger permanent mais, tant que Duncan Mac Gordon vivait, il l'empêchait de parler pour sauver ce qui restait de l'honneur du clan. Andrew obéissait aveuglément à celui qu'il considérait comme son père spirituel, bien qu'il ne fût pas toujours d'accord avec lui. Andrew avait bien travaillé chez vous, maître Orchard ?

— Oui, répondit le notaire, et j'en étais fort mécontent.

— Je vous crois volontiers, puisqu'il avait découvert vos petits secrets et n'avait pas manqué d'en parler à Duncan. Ce jeune homme était écœuré par le comportement des membres du clan et souhaitait que le maître donnât un vaste coup de balai. Ce fut l'échec, venant après tant d'autres échecs, surtout celui qu'il avait subi comme acteur.

Étonnée, Kathrin Mac Gordon interpella Higgins.

— Vous saviez qu'Andrew Wallis avait fait du théâtre ?

— Il suffisait de visiter sa chambre et de voir la grande affiche de *Mesure pour mesure,* la pièce de Shakespeare dans laquelle, sous un pseudonyme, Andrew Wallis avait tenu un petit rôle ; aucun metteur en scène ne voulait lui accorder davantage. Amer, il avait découpé son propre visage figurant sur l'affiche, à la fois pour oublier sa carrière ratée et obéir à Duncan qui détestait les comédiens. Andrew Wallis avait placé tous ses espoirs dans le clan Mac Gordon, dans une vie nouvelle, dans cette famille de si noble réputation où il avait la chance d'être protégé par le maître lui-même. Quelle déception ! Si son expérience de clerc de notaire, place imposée par Duncan, fut un nouveau désastre, c'est qu'il a découvert qui vous étiez, maître Orchard et, à travers vous, qui étaient réellement les membres du clan. Andrew Wallis s'est mis à boire pour échapper à un horizon bouché ; il n'avait confiance qu'en Duncan, mais celui-ci semblait immobilisé par la coutume, incapable de changer quoi que ce fût.

— Andrew ne trouvait-il pas certains dérivatifs sentimentaux… au château ? persifla Jennifer Scinner.

191

— Vous faites allusion au pull-over d'Andrew Wallis qui paraissait caché dans la chambre de Kathrin Mac Gordon ? Je suppose que cette information vous a été transmise par Alice Brown ?

Jennifer Scinner rougit légèrement, Alice Brown ne nia pas.

— Vous auriez aimé en conclure que Kathrin Mac Gordon et Andrew Wallis étaient maîtresse et amant ? Inexact. Andrew Wallis admirait et respectait Kathrin Mac Gordon. Ce pull-over était trempé à la suite d'une promenade sous la pluie ; il l'avait confié à Mme Mac Gordon pour qu'elle le fasse sécher et le lui restitue. Alice Brown ne passait pas pour une grande spécialiste des lainages, et Andrew Wallis tenait beaucoup à ce pull.

— Un cadeau de Duncan, précisa Kathrin Mac Gordon.

Higgins continua.

— Après la mort de Duncan, personne, pas même son épouse, n'aurait pu empêcher Andrew Wallis de parler, et ma présence au château accentuait le danger. Andrew tentait de résister à son envie de tout avouer pour rester fidèle à son père spirituel, mais une crise d'éthylisme risquait de faire sauter ce maigre barrage. Lequel d'entre vous a décidé de le supprimer pour le faire taire définitivement ?

Les membres du clan se regardèrent par en dessous, attendant que l'un d'eux fasse un pas en avant pour innocenter les autres.

Personne ne s'aventura sur ce terrain dangereux.

— Je n'en ai pas la preuve, admit Higgins, mais je tiens pour vraisemblable que vous vous êtes réunis à l'initiative de Jennifer Scinner ; c'est elle qui avait le plus à perdre aux yeux des membres de son clan. Elle serait humiliée si Andrew révélait qu'elle n'était propriétaire que de ses rêves de grandeur. Mlle Scinner a fait voter la mort d'Andrew

Wallis et vous l'avez tous approuvée, vous rendant ainsi complices d'un assassinat prémédité, par lâcheté. Aucun d'entre vous n'a voulu courir le risque de voir révélées ses turpitudes ; de plus, vous supprimiez l'un des deux héritiers et il ne vous restait qu'à faire condamner l'autre, Kathrin Mac Gordon, ce qui apparaissait aisé au vu des preuves accumulées contre elle.

— Sur quels faits concrets vous appuyez-vous ? grinça le brigadier David Multon, dont l'air de fouine s'accentuait.

— Reprenons les éléments du drame, mon cher collègue. Andrew Wallis s'est retrouvé enfermé dans la petite pièce sous les combles, son domaine secret où il aimait se retirer. Il était ivre ; peut-être avait-il bu plus que de coutume pour se donner le courage de tout révéler. Je n'ai pu ouvrir la porte avant qu'il ne se jette dans le vide. C'est du moins la version qu'on aurait aimé me voir admettre, mais Andrew ne voulait pas mourir. C'était un crime maquillé en accident. Je vous ai tous perdus de vue, un assez long moment, et le criminel avait réussi à s'introduire dans la pièce pour pousser Andrew Wallis à l'aide d'une gaule. Le pasteur Littlewood, le notaire Orchard et Jennifer Scinner affirmaient être restés en bas, dans la grande cour du château, afin d'observer Andrew Wallis. Barbara Multon gisait, évanouie, dans le grand hall. Le docteur Scinner, le brigadier Multon et Alice Brown m'avaient accompagné jusqu'à la porte de la chambrette, puis étaient partis chercher la clef pendant que je dialoguais avec Andrew. Après la chute du malheureux, je suis redescendu dans la grande cour ; le clan y était réuni. Alice Brown venait de l'office, le docteur Scinner du grand hall, le brigadier Multon du premier étage. Quant à Kathrin Mac Gordon, elle dormait, sous l'effet des somnifères. Bref, vous avez tous bénéficié du laps de temps nécessaire pour tuer.

— Je ne vois pas comment, objecta le notaire Orchard ; la porte de cette pièce était fermée, vous l'avez remarqué vous-même. Et quand vous êtes entré, il n'y avait personne.

Higgins tourna quelques pages de son carnet noir.

— Il n'y avait personne, en effet, mais il restait des indices prouvant la présence de quelqu'un qui n'était pas Andrew Wallis : la senteur d'un parfum, un cheveu, la trace d'un talon de chaussure dans la poussière.

Le triple menton du pasteur Littlewood s'agita.

— Mon fils, mon fils, n'allez pas trop loin ! Ce ne sont que de pauvres vestiges, et…

— Inutile, mon révérend, la vérité doit éclater. Ces « pauvres vestiges », comme vous les appelez, désignaient une femme. Une femme qui avait réussi à entrer dans la chambrette pour tuer et à en sortir avant que je n'y pénètre à mon tour, une fois la clef retrouvée. Une femme qui m'avait menti et ne se trouvait pas à l'endroit où elle prétendait être. Vous, madame Mac Gordon, simuliez peut-être le sommeil ; vous, madame Multon, un évanouissement ; vous, mademoiselle Scinner, avez peut-être quitté la cour du château ; vous, mademoiselle Brown, avez peut-être fait semblant de chercher cette clef.

— J'ai des témoins ! protesta Jennifer Scinner, offusquée.

— Je crains ne pas pouvoir retenir leurs déclarations.

37

Barbara Multon, dont les fossettes se creusèrent en rougissant, monta sur ses ergots.

— Mon malaise était bien réel ! J'en ai même conservé un hématome au coude droit, en tombant.

— Désolé, estima Higgins, mais vous êtes la seule à nous garantir la réalité de cette indisposition.

— Quand je suis passé par le grand hall, intervint le docteur Scinner, Barbara semblait bien évanouie.

— Peu importe, conclut Higgins ; chacune de ces dames restera sur ses positions. Pour comprendre comment le meurtre avait été commis, je suis remonté dans la petite pièce sous les combles. Quelqu'un m'avait suivi et m'y a enfermé. Un réflexe aberrant de la part du criminel ? Non, plutôt un moyen de me faire découvrir quelque chose d'important. J'ai donc pris mon temps et remarqué que la flamme d'une bougie allumée vacillait sous l'effet d'un léger courant d'air, alors que porte et fenêtre étaient closes. D'où cela provenait-il, sinon d'un passage secret ? Je suis parvenu à déceler son emplacement : un simple panneau coulissant donnant accès à un escalier dérobé que j'ai emprunté pour descendre jusqu'au bureau de Duncan Mac Gordon. Rien de plus logique, en raison de la profonde amitié unissant ce dernier à Andrew Wallis ; le maître du clan avait réservé un domaine à son fils spirituel, domaine connu d'eux seuls. Du moins le croyaient-ils ; la future criminelle était parvenue à percer ce secret. Qui d'autre que vous, madame Mac Gordon ?

Un rictus de satisfaction orna le visage rougeaud de Mark Orchard, Jennifer Scinner grimaça d'aise, Barbara Multon poussa un soupir de soulagement, Alice Brown demeura de marbre. Le docteur Scinner lissa sa barbe, satisfait, et le pasteur Littlewood se signa.

— J'ignorais l'existence de ce passage, inspecteur, déclara Kathrin Mac Gordon avec conviction. Je vous l'ai déjà dit et je le maintiens.

— Trop facile, ma chère sœur ! jugea Jennifer Scinner ; personne ne croira une telle invraisemblance. Et la gaule qui a été retrouvée sous ton lit, dans ta chambre ? N'est-ce pas elle qui t'a servi à pousser Andrew dans le vide ?

Kathrin Mac Gordon, choquée, fixa sa sœur avec une douleur contenue.

— Tu sais fort bien, Jennifer, que je n'ai pas tué Andrew.

— Qui vous a parlé de cette gaule, mademoiselle Scinner ? interrogea Higgins, et comment avez-vous appris ces détails ?

Jennifer Scinner blêmit.

— Je… Chacun est au courant, ici !

— Cette gaule n'est pas une preuve décisive, car il en existe plusieurs exemplaires au château. Elle a été placée dans la chambre de Mme Mac Gordon par l'assassin lui-même, un personnage d'un sang-froid peu commun, mais qui a commis trop d'erreurs de détail ; j'espérais qu'il témoignerait d'un peu de remords, d'autant plus que la femme qui a assassiné Andrew Wallis était aussi sa maîtresse. N'est-ce point la vérité, Alice Brown ?

L'intendante du clan Mac Gordon devint le point de mire de l'assemblée. Elle consentit à sourire faiblement, comme si l'hypothèse formulée par Higgins l'amusait.

— Sur quoi repose cette accusation, inspecteur ?

— Vous vous êtes montrée bien imprudente, vous qui connaissez admirablement ce château, mieux encore que sa légitime propriétaire. Kathrin Mac Gordon aimait votre sérieux et votre compétence, mais avait mal apprécié votre cruauté. C'est vous que le clan a désignée pour être la main criminelle qui mettrait fin aux jours d'Andrew Wallis, et vous n'avez pas hésité à remplir cette tâche, avec la bénédiction de vos complices. Vous avez agi avec un cynisme effrayant, vous qui aviez fouillé mes bagages et laissiez toujours la lumière allumée dans votre chambre pour faire croire que vous étiez présente, soit parce que vous vous cachiez pour épier Kathrin Mac Gordon, Andrew Wallis et moi-même, soit parce que vous quittiez le château pour rejoindre les autres membres du clan. Vous avez affirmé au naïf Andrew que vous l'aimiez car vous espériez l'épouser et devenir un membre influent du clan. La mort de Duncan a perturbé ce plan ; sans sa protection, Andrew n'était plus rien. Comme il devenait dangereux, il fallait le supprimer. Sans doute l'avez-vous aidé à boire et emmené jusqu'à la chambrette où vous aviez l'habitude de vous rejoindre la nuit. Dès que la crise d'éthylisme s'est déclenchée, vous l'avez laissé seul, êtes descendue à la cuisine et vous êtes jointe aux autres quand il a commencé à hurler. Le plus atroce fut votre sordide comédie devant la porte fermée par vous-même quand j'ai tenté de le sauver. Vous osiez prétendre ignorer l'existence de cette chambrette et avez feint d'aller chercher une clef qui se trouvait dans votre poche. En réalité, vous êtes passée par le bureau de Duncan pour emprunter l'escalier dérobé et remonter jusqu'à la pièce sous les combles ; là, vous vous êtes emparée de la gaule que vous y aviez déposée et vous avez poussé Andrew. N'étiez-vous pas la seule personne dont l'apparition ne l'inquiéterait pas ? Il aurait sans doute hurlé le nom de tout autre. Votre geste criminel accompli, vous êtes redescendue par le passage secret et avez rejoint vos complices. Votre rapidité et vos capacités d'endurance ne m'étonnent pas ; j'ai eu l'occasion d'observer votre force physique. Andrew a payé de sa vie l'affection aveugle qu'il vous portait.

Alice Brown, soudain nerveuse, défia Higgins.

— Où sont vos preuves ?

— D'abord, votre parfum. Un produit médiocre, à base de lavande artificielle. Pas du tout le style de Mme Mac Gordon ou de Barbara Multon ; et Jennifer Scinner utilise une eau de Cologne bon marché. Ce parfum, c'est le vôtre, mademoiselle Brown. J'ai simulé une maladresse, lors d'un petit-déjeuner dans la cuisine du château, pour le sentir de près. Ensuite, le cheveu : je l'ai comparé avec d'autres que j'ai trouvés dans votre chambre, j'ai observé que vous n'étiez pas teinte. Ce précieux indice est parvenu au laboratoire de Scotland Yard qui démontrera sans peine que le cheveu vous appartient. Vous avez donc menti en affirmant ignorer l'existence de la chambrette. La trace de talon de chaussure dans la poussière, enfin : vous portez toujours les mêmes chaussures, mademoiselle Brown, sans doute par souci d'économie : ce talon est le vôtre. En poussant Andrew, vous avez été obligée de prendre appui. Si le ménage avait été fait plus souvent, vous n'auriez pas laissé cette empreinte.

Nulle émotion ne troubla le regard froid d'Alice Brown.

— J'avais prévenu Andrew, avoua-t-elle ; le soir où il avait conversé avec vous, commençant à parler des secrets du clan, je suis allée dans sa chambre, après votre départ. Il était ivre, étendu sur son lit, mais je suis certaine qu'il m'a entendue. Je lui ai juré que je le tuerais s'il parlait. Il ne m'a pas crue et a mérité son sort.

– Vous restez à la disposition de Scotland Yard, exigea Higgins ; mais le secret du clan n'est pas dévoilé pour autant. L'assassin de Duncan Mac Gordon n'est pas celui d'Andrew Wallis ; ne serait-il pas temps, cette fois, de nous avouer ce que vous savez ?

Higgins s'était tourné vers Kathrin Mac Gordon, ébranlée par ce qu'elle venait d'apprendre. Ses yeux verts s'étaient assombris.

– Mon mari est mort, inspecteur ; laissez-le reposer en paix.

– Duncan ne connaîtra pas le repos tant que son assassin ne sera pas identifié ; je suis persuadé que son âme exige la vérité, quel qu'en soit le prix. Une dernière fois, madame Mac Gordon, acceptez-vous de parler ?

Kathrin Mac Gordon soutint le regard de Higgins. Il sentait qu'elle était sur le point de céder, mais elle puisa une énergie nouvelle au tréfonds d'elle-même.

– J'ai dit tout ce que je savais.

– Non, madame Mac Gordon ; c'est pourquoi vous pouvez être accusée du meurtre de votre mari.

38

Kathrin Mac Gordon ne se démonta pas, et les membres du clan étaient trop abasourdis par l'aveu d'Alice Brown pour se réjouir de la nouvelle accusation portée par Higgins.

– Vous vous trompez complètement, inspecteur. Je n'ai pas assassiné mon mari.

Higgins tourna une nouvelle page de son carnet noir.

– Vous êtes une femme intelligente et posée, madame Mac Gordon. Beaucoup de preuves semblaient accumulées contre vous et je me suis même demandé si vous n'en aviez pas ajouté vous-même, avec l'arrière-pensée que tout excès devient suspect. Une telle accumulation devait m'inciter à la plus extrême prudence. Auriez-vous poussé le scrupule du détail jusqu'à simuler un attentat sur votre personne, à l'intérieur du cairn ?

Cette fois, Kathrin Mac Gordon perdit sa sérénité et faillit éclater en sanglots.

– Comment… comment aurais-je pu… à l'instant où je faisais mes adieux à Duncan ?

– Pardonnez-moi, s'excusa Higgins, chagriné d'avoir porté le fer dans une plaie aussi mal fermée, mais persuadé qu'il n'avait pas d'autre moyen pour éprouver la sincérité de cette femme mystérieuse.

— En ce cas, poursuivit-il, l'auteur de cette tentative d'assassinat est l'un des deux hommes qui se tenaient près de vous : le notaire Orchard ou le docteur Scinner.

Directement visés, le notaire et le médecin sortirent de leur apathie.

— J'aime trop ma sœur, affirma Michael Scinner, pour commettre une telle abomination !

— Moi, moi… commença le notaire Orchard, incapable de trouver un argument.

— Il faut avoir pitié d'eux, demanda Kathrin Mac Gordon.

— Je n'en suis pas certain, estima Higgins ; étaient-ce bien les dernières volontés de votre mari ?

— N'allez pas plus loin, inspecteur, je vous en prie !

La frayeur de Kathrin Mac Gordon n'était pas feinte. Elle suppliait Higgins d'arrêter une mécanique infernale qu'elle ne contrôlait plus.

— Impossible, madame. Personne n'admettrait, et Scotland Yard moins que quiconque, de laisser inexpliquée la mort de mon ami Duncan. Dès mon entrée dans ce château, j'ai senti que quelqu'un m'orientait sur de fausses pistes, et j'ai longtemps cru qu'il s'agissait d'un des membres du clan. Lesquels, sinon son leader apparent, Mark Orchard ? Son âme damnée, Jennifer Scinner ? Non, des personnages trop égoïstes et trop imbus d'eux-mêmes. Sa plus forte personnalité ? Alice Brown, sans nul doute, capable de devenir une criminelle ; mais elle jouait son propre jeu. Qui restait-il ? Kathrin Mac Gordon. Coupable ? Innocente ? Elle était fuyante, insaisissable. Cachait-elle une vraie sensibilité sous sa dignité ou était-elle plus froide que la glace ? La solution m'est apparue le jour où je l'ai contemplée, solitaire, dans le vent d'orage. Une femme noble : voilà la vraie nature de Kathrin Mac Gordon. Une noblesse intérieure, exigeante, inflexible, qui ne connaît rien d'autre que son devoir, si difficile à accomplir soit-il. Une femme amoureuse, aussi, certaine que l'âme de son mari continuerait à vivre en ces murs. Une femme incapable de tisser sa trame dans l'ombre. Mais alors, qui était le manipulateur, puisqu'il ne restait aucun nom sur ma liste ?

Les membres du clan paraissaient troublés.

— En saine logique, c'était pourtant évident ! constata Higgins. Qui d'autre que le maître du clan, Duncan Mac Gordon ? Comment supposer un seul instant qu'un chef tel que lui eût accordé la moindre place au hasard ? Comme d'habitude, il avait tout organisé !

Une sourde angoisse s'empara de l'assistance.

— Vous… vous voulez parler d'un fantôme ? s'inquiéta le notaire Orchard.

— C'est la mort du chien, Ivanhoe, qui m'a permis de comprendre. Pourquoi avoir empoisonné ce pauvre animal ? Un crime de sadique, commis par le brigadier Multon ?

La paupière de David Multon se remit à battre la chamade.

— Les chiens m'énervent, mais je n'irais pas jusqu'à…

— Je ne crois pas à votre culpabilité, l'interrompit Higgins, car vous êtes trop lâche pour vous attaquer à un être plus fort que vous, tel Ivanhoe. J'ai longtemps supposé qu'un membre du clan l'avait empoisonné pour l'empêcher d'aboyer contre l'assassin. Mais le chien de Duncan aurait-il accepté de la nourriture de n'importe qui ? Sûrement pas ! J'en ai eu la confirmation par Kathrin Mac Gordon elle-même ; son mari et elle étaient les seuls à pouvoir nourrir Ivanhoe. Et j'imaginais mal Mme Mac Gordon supprimant de sang-froid un animal qu'elle aimait. Il ne restait qu'une seule solution : Duncan Mac Gordon en personne avait donné la mort à son chien.

Kathrin Mac Gordon plaça les mains devant ses yeux, comme pour se masquer la réalité ou effacer de sa mémoire de tristes souvenirs.

– Pourquoi Duncan avait-il pris une aussi cruelle décision ? Je parvenais enfin au véritable problème, aux abords du secret. Certes pas par sadisme, mais par amour. Il adorait son chien qui le lui rendait bien. Une seule possibilité : Duncan était obligé d'agir ainsi. Lui absent, Ivanhoe se serait laissé mourir de faim. Même Kathrin Mac Gordon n'aurait pas réussi à lui faire oublier son maître.

Jennifer Scinner, intriguée, questionna l'homme du Yard.

– Duncan… absent ? Pourquoi employez-vous ce terme ? Avait-il décidé de quitter Landonrow ?

– Quitter Landonrow… Oui, d'une certaine manière, répondit Higgins, songeur. Duncan a donné la mort à son chien et c'est Kathrin Mac Gordon qui a porté le cadavre jusqu'au cairn. J'ai aperçu sa silhouette dans un rayon de lune et l'ai vue revenir sans comprendre, à cet instant, que c'était elle, accomplissant l'ultime tâche confiée par son mari. Oui, mademoiselle Scinner, Duncan avait effectivement décidé de quitter Landonrow pour toujours et d'accomplir le grand voyage.

39

— Il savait que sa femme allait l'assassiner ? interrogea le pasteur Littlewood, interloqué.

— Duncan Mac Gordon était atteint d'une maladie incurable et avait rendez-vous avec une mort très proche. Lui, le colosse indéracinable, le champion d'Écosse du lancer de troncs d'arbre, l'homme en pleine santé qui ignorait jusqu'à la notion de rhume, souffrait dans sa chair. Le monde s'écroulait autour de lui. Le monde… et son propre clan. Que deviendrait-il, sans lui ? Il vous connaissait tous trop bien pour ne pas être légitimement inquiet.

— Mais enfin, demanda le docteur Scinner, de quoi souffrait-il ?

Higgins observa de l'œil Kathrin Mac Gordon, trop bouleversée pour répondre.

— D'un cancer à évolution très rapide, répondit l'ex-inspecteur-chef. Duncan se savait condamné à brève échéance, après une consultation à Édimbourg, le jour même où il a déposé son nouveau testament chez le notaire. Quand son épouse s'est rendue à Londres, c'était pour y obtenir un médicament très puissant, un dérivé de l'adriblastine, dont les experts du laboratoire de Scotland Yard ont retrouvé des traces abondantes dans son organisme ; ainsi, Duncan a réussi à masquer ses souffrances. Il n'y a pas eu crime. Les uns et les autres avez essayé de salir le souvenir que j'avais de mon ami Duncan. Vous me l'avez décrit comme un homme dur, retors, paillard, amateur d'affaires véreuses et vous vous êtes dépeints vous-mêmes. Ce fut votre erreur majeure. Duncan était un cœur d'or, un véritable chef, sachant user de la ruse comme de l'autorité. Son œuvre, c'était le clan Mac Gordon ; il ne redoutait qu'une chose : la déchéance physique. Voir sa puissance naturelle décliner lui était insupportable. Quand le mal a fondu sur lui, il a songé à protéger les deux êtres qu'il aimait, son épouse et son fils spirituel, Andrew Wallis. Lui disparu, la meute allait se ruer sur eux. Duncan tenait au clan plus qu'à tout ; c'est pourquoi il avait consciemment jeté un voile sur les turpitudes de ses membres, malgré les protestations d'Andrew Wallis. Ce semblant d'unité lui paraissait préférable à un éclatement, mais cette unité-là ne reposait que sur sa personne. Comment la prolonger après sa mort, comment permettre au clan de survivre sans s'entre-déchirer ?

Tous suivaient les explications de Higgins avec une attention passionnée ; l'avenir de chacun en dépendait. L'ex-inspecteur-chef, debout devant une des fenêtres du grand hall donnant sur le jardin, semblait se désintéresser des vivants et converser avec l'invisible, avec Duncan Mac Gordon lui-même, partout présent dans ce château.

— Mon ami Duncan a imaginé un plan génial : faire croire qu'on l'avait assassiné et, plus précisément, *me* le faire croire. Il était convaincu, à juste titre, que je mènerais mon enquête jusqu'au bout et que je serais donc obligé de m'intéresser à chacun des membres du clan. Quel meilleur moyen de découvrir la vérité sur chacun d'entre eux ? Après l'appel au secours de Duncan et sa mort subite, je soupçonnerais forcément son entourage. Le premier but du maître du clan serait atteint : prouver que Kathrin Mac Gordon, en apparence la plus suspecte, était la seule personne honnête et responsable, la seule qui soit capable d'assumer la succession de son mari. La direction du clan lui reviendrait de droit… Si je parvenais à démontrer son innocence ! Duncan jouait gros et m'accordait une totale confiance dont j'ai essayé de me rendre digne. Il avait demandé à son épouse de ne pas se défendre, de laisser les indices s'accumuler contre elle, d'accepter sans réagir les calomnies et les soupçons. Quelle meilleure méthode pour constater jusqu'à quel degré de bassesse iraient les jaloux et les envieux ? Vous avez tous tenté de la faire accuser de meurtre, tombant ainsi dans le piège tendu par Duncan. Ainsi, vous êtes à présent pieds et poings liés, obligés de vous soumettre à votre nouvelle souveraine. Duncan a gagné son pari.

Higgins s'assombrit.

— Malheureusement, il a commis une erreur tragique en sous-estimant la haine qui vous soudait pour mieux garder vos privilèges ; Duncan n'a pas cru que vous iriez jusqu'au meurtre. Andrew Wallis a été assassiné, Kathrin Mac Gordon a échappé de peu à la mort. Ce fils spirituel que Duncan Mac Gordon espérait voir un jour changer était trop vulnérable.

Kathrin Mac Gordon se leva, faisant face à son clan. Son regard ne vacillait plus. Parfaitement maîtresse d'elle-même, héritière de l'esprit des Mac Gordon, elle intervint avec la stature d'un chef.

— Inspecteur Higgins, je vous demande d'oublier tout ce qui s'est passé dans cette demeure, au nom de l'amitié qui vous unissait à Duncan. Mon mari est mort d'un cancer, Andrew Wallis a été victime d'un accident. Nos témoignages concorderont. Il n'y a rien d'autre à ajouter.

Higgins s'attendait à cette supplique, très « Mac Gordon ». Le clan était à nouveau soudé, par tradition. L'ex-inspecteur-chef avait accompli la mission que son ami, par-delà la mort, lui avait confiée ; rendre la justice n'était pas de son ressort, d'autant plus qu'il n'éprouvait aucune confiance en ce terme ni en ceux qui en faisaient profession.

– À vous de décider de l'avenir de votre clan, madame ; mais s'il vous arrivait malheur, Scotland Yard serait en droit d'exiger des comptes immédiats et saurait rapidement identifier les coupables… *Tous* les coupables.

Matés, soumis, brisés, les membres du clan Mac Gordon acceptaient un verdict qui leur permettait de survivre et de demeurer à Landonrow, même s'ils redoutaient la poigne et l'intransigeance de Kathrin Mac Gordon.

– Moi, j'ai quelque chose à ajouter !

Brandissant un pistolet, Alice Brown se dirigea à reculons vers le fond du grand hall, pointant son arme tantôt vers Kathrin Mac Gordon, tantôt vers Higgins. Effrayés, les membres du clan se tassèrent les uns contre les autres.

– Arrêtez-la, hurla le brigadier-chef, elle est capable de tirer !

Barbara Multon s'évanouit une fois de plus, s'effondrant sur Jennifer Scinner. Le pasteur Littlewood se voila la face. Michael Scinner se cacha sous la table et Mark Orchard se tassa sur son siège.

Kathrin Mac Gordon et Higgins demeurèrent immobiles.

– Je vous hais ! je vous hais tous, cria Alice Brown. Vous n'êtes que des larves et vous mériteriez que je vous fasse sauter la cervelle, mais je préfère que vous mouriez à petit feu, dans votre médiocrité. Bien joué, madame Mac Gordon ! Moi, je n'ai plus ma place ici, et je ne l'ai jamais eue. J'ai tué l'homme que j'aimais, parce que lui aussi était un médiocre. Et cet inspecteur n'a qu'une idée en tête : m'envoyer en prison. Ça, jamais !

Alice Brown quitta le grand hall pour s'engouffrer dans un couloir ; presque aussitôt, un coup de feu éclata. Kathrin Mac Gordon tressaillit et voulut se précipiter au secours de la criminelle. Higgins la retint.

– Restez ici avec votre clan, madame. Je m'en occupe.

Des larmes brillaient au fond des yeux vert clair de la nouvelle souveraine des Mac Gordon.

Kathrin Mac Gordon et l'ex-inspecteur-chef de Scotland Yard se promenaient dans la roseraie du château ; au loin, le sommet des collines bleues était couronné d'une brume pluvieuse. À cette heure précoce de la matinée, il faisait frais ; Higgins, dûment coiffé d'une casquette de laine à carreaux, s'emmitouflait dans son imperméable.

Avant l'enlèvement du corps d'Alice Brown, Higgins avait téléphoné longuement au superintendant Scott Marlow pour lui dévoiler les dessous de l'affaire : une mort naturelle – celle de Duncan Mac Gordon ; un empoisonnement par amour – celui de son chien ; un crime – la victime était Andrew Wallis et la meurtrière Alice Brown ; un suicide – celui d'Alice Brown qui n'avait pas supporté l'horreur de son geste et préféré mettre fin à ses jours.

– Quand et comment Duncan est-il mort ? demanda Higgins.

– Le jour où il a compris qu'il ne vaincrait pas son cancer, répondit-elle. L'Écosse est le plus beau pays du monde, inspecteur ; ne regrettez-vous pas de le quitter ?

– J'aimerais obtenir une réponse plus précise.

Des nuages noirs, compacts, formaient une impressionnante barrière à l'ouest ; le vent tourbillonnait.

– J'ai le sentiment, inspecteur, que vous n'êtes pas entièrement satisfait de votre enquête ; nourririez-vous encore quelque soupçon à mon encontre ?

Higgins marchait mains croisées derrière le dos, appréciant l'exceptionnelle qualité des rosiers grimpants.

– Vous m'avez un peu menti en prétendant n'avoir remarqué aucune modification dans le comportement de votre mari.

– Non, inspecteur, Duncan n'avait pas changé. Il commençait, certes, à souffrir, mais les douleurs n'étaient pas encore intolérables. C'est précisément ce qu'il voulait éviter.

De la terre montait ce parfum subtil précédant la venue de la pluie ; les bouleaux inclinaient leur silhouette agile, se pliant sous les bourrasques.

– L'adriblastine est un produit redoutable qui, absorbé à trop forte dose, met le patient en état de choc et peut même provoquer un décès brutal. Je suppose que Duncan a mélangé cette substance à son dernier whisky, la nuit de la confrontation générale ?

Kathrin Mac Gordon fit quelques pas sans consentir à répondre. Elle semblait absorbée dans ses pensées.

– Il avait pris cette terrible décision car, le matin même, il avait subi sa première crise grave. Pour la première fois de son existence, il se voyait contraint de garder la chambre. Duncan m'avait prévenue : il ne supporterait pas une seconde crise. Je suppose qu'elle est intervenue après ses entretiens avec ses quatre premiers visiteurs, Alice Brown, Andrew, Mark Orchard et Jennifer Scinner. Quand je suis arrivée, il avait déjà commis le geste fatal. Duncan a réussi à tracer une croix en face de mon nom, a posé ses lèvres sur ma main droite, s'est redressé… Puis il est mort. Comme un roc qui bascule brutalement dans l'abîme.

– Pourquoi votre récit fantaisiste concernant la porte de communication fermée entre vos deux chambres et tant d'autres détails inventés sur votre comportement, cette nuit-là ?

– J'obéissais à Duncan. Il fallait que vous soyez troublé par les déclarations des uns et des autres et que vos soupçons se portent d'abord sur moi. Ainsi, vous étiez conduit à examiner l'attitude de mon entourage.

Une rafale faillit décoiffer Higgins qui porta la main à sa casquette pour l'empêcher de s'envoler. Kathrin Mac Gordon, hiératique, avançait dans le vent comme si elle prenait un bain de jouvence.

– Bien entendu, vous aviez lu la lettre écrite par Barbara Multon et déposée par elle-même dans le tiroir du bureau de Duncan. Vous aviez pris soin de la laisser en place pour que je la découvre, comme le flacon de produit toxique pour rosiers ; et la présence de la gaule sous votre lit n'avait pas dû vous échapper, elle non plus.

Le léger sourire de Kathrin Mac Gordon n'étonna pas l'homme du Yard. Inutile de poursuivre plus avant dans cette voie ; Duncan ne s'était pas trompé de successeur.

– Je suppose, madame, que vous avez identifié votre agresseur, à l'intérieur du cairn, lorsqu'il a tenté de vous étrangler ?

Ils étaient parvenus à l'extrémité de la roseraie, sur un aplomb rocheux d'où l'on contemplait le village de Landonrow.

– Et quand cela serait, inspecteur ?

– Jennifer Scinner a été l'instigatrice de la mort d'Andrew Wallis. Le notaire Orchard n'a sans doute pas voulu être en reste et prouver que lui aussi, si j'ose dire, ne manquait pas de courage.

– Ce n'est pas impossible, commenta-t-elle, énigmatique. Mon mari vous appréciait beaucoup, inspecteur ; il était persuadé que vous ne commettriez pas le moindre faux pas.

Higgins ne posa pas la question qui lui brûlait les lèvres ; Kathrin Mac Gordon était trop noble, trop altière pour qu'il se montre aussi impudent. Il consentit donc à laisser un coin de voile recouvrir le secret des Mac Gordon et ne saurait jamais si Kathrin avait aidé son mari à mourir ou si Duncan avait accompli seul cet acte ultime. Puisqu'ils s'aimaient, ce mystère n'appartenait-il pas à eux seuls ?

– Auriez-vous un briquet, inspecteur ?

– Voici, madame.

Higgins ne fumait pas, mais avait prévu la nécessité de disposer d'une flamme.

Kathrin Mac Gordon lui présenta une enveloppe scellée.

– La dernière précaution de mon mari, inspecteur : une lettre de sa main révélant toute la vérité. Elle m'aurait innocentée si, pour une raison ou une autre, vous n'aviez pu répondre à son appel. Toutes les précisions sont données, même celles que vous n'avez pas jugées bon de me demander... Désirez-vous la lire ?

Higgins hésita un instant.

– Non, madame. Même lorsqu'on appartient à Scotland Yard, il y a des choses qui ne se font pas.

Kathrin Mac Gordon mit le feu à la lettre scellée qui s'embrasa aussitôt, avant de se perdre dans le vent.

– Vous auriez mérité d'être écossais, monsieur Higgins.

— Épilogue —

Higgins attendait le car devant la gare de Landonrow, songeant à l'avenir des membres du clan Mac Gordon dont Kathrin lui avait tracé les grandes lignes. Mark Orchard se consacrerait aux archives du clan dont il mettrait plusieurs années à établir l'inventaire. Jennifer Scinner passerait le plus clair de son temps à organiser les ventes de charité et les fêtes enfantines de la région, pour y faire resplendir le blason des Mac Gordon. Peter Littlewood se lancerait dans une longue série de sermons sur les vertus que chacun devait pratiquer afin d'être digne de la condition humaine. Le docteur Scinner, après une légère adaptation, s'occuperait de la bonne santé des troupeaux et des animaux domestiques. Le brigadier-chef David Multon, jouissant de sa retraite anticipée, animerait les associations sportives subventionnées par le clan. Son épouse, Barbara, serait présente au chevet des personnes âgées qui avaient besoin de secours et d'assistance.

Higgins ressentit une présence à ses côtés. Il tourna la tête sur sa gauche et découvrit le vieil Écossais fumant sa pipe et s'appuyant sur sa canne.

— Alors, inspecteur, tout est rentré dans l'ordre ?

— J'en ai l'impression.

Le vieillard ricana ; la pipe tremblait entre ses dents mais ne tombait pas. Higgins se crut obligé de lui demander les causes de cette hilarité.

— Il y a au moins un mystère que vous n'avez pas résolu !

— Lequel ?

Le bus arrivait. L'ex-inspecteur-chef espéra que son interlocuteur serait bref ; sinon, il serait obligé de couper net la conversation, au mépris des convenances.

— Votre chambre, au château, c'était bien celle où il y a un panneau de bois représentant une scène de chasse ?

— En effet, admit Higgins ; comment le savez-vous ?

— Hé, hé ! On ne me cache rien, à moi ! Et le fantôme de trois heures du matin, comment expliquez-vous sa présence ? La porte de l'armoire qui s'ouvre toute seule, toujours à la même heure, même quand on l'a fermée à clef.

Le car stoppa devant Higgins. « Landonrow, une minute d'arrêt », annonça le chauffeur.

Higgins monta avec ses bagages. Comment avouer au vieillard que plusieurs pages de son carnet noir étaient consacrées à ses observations concernant cet étrange phénomène ?

— J'y songerai, dit l'ex-inspecteur-chef avec suffisamment d'autorité dans la voix pour que l'autre comprenne qu'il ne se désintéressait pas de ce problème.

— On démarre ! prévint le machiniste.

Le véhicule s'ébranla, Higgins s'installa derrière le chauffeur.

— Dites-moi, lui demanda-t-il, comment s'appelle ce vieillard ?

— Quel vieillard ?

— Celui avec lequel je conversais, il y a quelques instants, devant le car.

— Mais il n'y avait personne !

– Je puis vous affirmer le contraire, rétorqua Higgins, péremptoire ; un vieil homme avec une canne, fumant la pipe.

– Ah ! s'exclama l'Écossais, le fantôme des Mac Gordon ! C'est lui que vous avez vu. Un privilège ! Moi, il ne m'est jamais apparu. Ça vous portera chance.

Higgins se tassa sur son siège ; en certaines circonstances, le silence s'imposait. « On ne peut jurer de rien », pensa-t-il, préférant admirer les bruyères violettes qui bordaient la route et s'étendaient à l'infini.

ŒUVRES DE CHRISTIAN JACQ

Romans

L'Affaire Toutankhamon, Grasset (prix des Maisons de la Presse).
Barrage sur le Nil, Robert Laffont.
Champollion l'Égyptien, J Éditions.
Le Dernier Rêve de Cléopâtre, XO Éditions.
L'Empire du pape blanc (épuisé).
Et l'Égypte s'éveilla, XO Éditions :
 * *La Guerre des clans.*
 ** *Le Feu du scorpion.*
 *** *L'Œil du faucon.*
Imhotep, l'inventeur de l'éternité, XO Éditions.
Le Juge d'Égypte, Plon :
 * *La Pyramide assassinée.*
 ** *La Loi du désert.*
 *** *La Justice du vizir.*
Maître Hiram et le roi Salomon, XO Éditions.
Le Moine et le Vénérable, Robert Laffont.
Mozart, XO Éditions :
 * *Le Grand Magicien.*
 ** *Le Fils de la Lumière.*
 *** *Le Frère du Feu.*
 **** *L'Aimé d'Isis.*
Les Mystères d'Osiris, XO Éditions :
 * *L'Arbre de vie.*
 ** *La Conspiration du mal.*
 *** *Le Chemin de feu.*
 **** *Le Grand Secret.*
Le Pharaon noir, Robert Laffont.
La Pierre de Lumière, XO Éditions :
 * *Néfer le Silencieux.*
 ** *La Femme sage.*
 *** *Paneb l'Ardent.*
 **** *La Place de Vérité.*

Pour l'amour de Philae, Grasset.
Le Procès de la momie, XO Éditions.
La Prodigieuse Aventure du lama Dancing (épuisé).
Que la vie est douce à l'ombre des palmes (nouvelles), XO Éditions.
Ramsès, Robert Laffont :
    * *Le Fils de la lumière.*
    ** *Le Temple des millions d'années.*
    *** *La Bataille de Kadesh.*
    **** *La Dame d'Abou Simbel.*
    **** *Sous l'acacia d'Occident.*
La Reine Liberté, XO Éditions :
    * *L'Empire des ténèbres.*
    ** *La Guerre des couronnes.*
    *** *L'Épée flamboyante.*
La Reine Soleil, Julliard (prix Jeand'Heurs du roman historique).
Toutankhamon, l'ultime secret, XO Éditions.
La Vengeance des dieux, XO Éditions :
    * *Chasse à l'homme.*
    ** *La Divine Adoratrice.*

Ouvrages pour la jeunesse

Contes et légendes du temps des pyramides, Nathan.
La Fiancée du Nil, Magnard (prix Saint-Affrique).
Les Pharaons racontés par..., Perrin.

Essais sur l'Égypte ancienne

L'Égypte ancienne au jour le jour, Perrin.
L'Égypte des grands pharaons, Perrin (couronné par l'Académie française).
Les Égyptiennes. Portraits de femmes de l'Égypte pharaonique, Perrin.
Les Grands Sages de l'Égypte ancienne, Perrin.
Initiation à l'Égypte ancienne, MdV Éditeur.
La Légende d'Isis et d'Osiris, ou la Victoire de l'amour sur la mort, MdV Éditeur.

Les Maximes de Ptah-Hotep. L'enseignement d'un sage du temps des pyramides, MdV Éditeur.

Le Monde magique de l'Égypte ancienne, XO Éditions.

Néfertiti et Akhénaton, le couple solaire, Perrin.

Paysages et paradis de l'autre monde selon l'Égypte ancienne, MdV Éditeur.

Le Petit Champollion illustré, Robert Laffont.

Pouvoir et sagesse selon l'Égypte ancienne, XO Éditions.

Préface à : Champollion, *Grammaire égyptienne*, Actes Sud.

Préface et commentaires à : Champollion, *Textes fondamentaux sur l'Égypte ancienne*, MdV Éditeur.

Rubriques « Archéologie égyptienne », dans le *Grand dictionnaire encyclopédique*, Larousse.

Rubriques « L'Égypte pharaonique », dans le *Dictionnaire critique de l'ésotérisme*, Presses universitaires de France.

La Sagesse vivante de l'Égypte ancienne, Robert Laffont.

La Tradition primordiale de l'Égypte ancienne selon les Textes des Pyramides, Grasset.

La Vallée des Rois. Histoire et découverte d'une demeure d'éternité, Perrin.

Voyage dans l'Égypte des pharaons, Perrin.

Autres essais

La Flûte enchantée de W. A. Mozart, Traduction, présentation et commentaires de C. Jacq, MdV Éditeur.

La Franc-Maçonnerie. Histoire et initiation, Robert Laffont.

Le Livre des Deux Chemins. Symbolique du Puy-en-Velay (épuisé).

Le Message initiatique des cathédrales, MdV Éditeur.

Saint-Bertrand-de-Comminges (épuisé).

Saint-Just-de-Valcabrère (épuisé).

Trois Voyages initiatiques, XO Éditions :
* *La Confrérie des Sages du Nord.*
** *Le Message des constructeurs de cathédrales.*
*** *Le Voyage initiatique, ou les Trente-Trois Degrés de la Sagesse.*

Albums illustrés

L'Égypte vue du ciel (photographies de P. Plisson), XO-La Martinière.

Karnak et Louxor, Pygmalion.

Le Mystère des hiéroglyphes. La clé de l'Égypte ancienne, Favre.

La Vallée des Rois. Images et mystères, Perrin.

Le Voyage aux pyramides (épuisé).

Le Voyage sur le Nil (épuisé).

Bandes dessinées

Les Mystères d'Osiris (scénario : Maryse, J.-F. Charles ; dessin : Benoît Roels), Glénat-XO :

    * *L'Arbre de vie (1).*

    ** *L'Arbre de vie (2).*

    *** *La Conspiration du mal (1).*

    **** *La Conspiration du mal (2).*

QUELQUES CRITIQUES

Higgins travaille comme nous le faisons, dans la réflexion.
Il écoute, il observe, il relève ce qui est anachronique et incohérent.
Ensuite, il réfléchit, analyse et pose les bonnes questions.
Depuis trente-trois ans au service de la gendarmerie de l'Institut de
Recherche Criminelle de la Gendarmerie Nationale, c'est ainsi que
je forme les enquêteurs et les techniciens qui travaillent avec moi.

Capitaine Frédéric THOMAS,
IRCGN

*

Une tradition d'enquête policière où la résolution des crimes
commis ne doit rien aux procédés technologiques modernes, mais
tout à la sagacité d'un enquêteur, l'inspecteur Higgins, digne
héritier des Poirot ou Holmes.

Nicolas BLONDEAU,
Le Progrès

*

Il n'est pas exagéré de dire que le lecteur, littéralement absorbé,
mène les investigations au côté de l'inspecteur Higgins.

Noëlle DE SONIS,
La Manche libre

*

Le livre est rythmé, l'enquête digne d'un roman d'Agatha Christie.
La recette est classique mais la magie opère toujours. Le lecteur
est captivé jusqu'aux dernières pages.

Franck BOITELLE,
Paris Normandie

*

Christian Jacq mène avec une redoutable efficacité et une délicieuse sophistication un récit bien sombre et bien cadencé. Le lecteur est bousculé par les contre-indices qui jaillissent à chaque page. Il se laisse baigner par l'atmosphère enveloppante du récit. Ambiance crépusculaire et frissons garantis jusqu'à la dernière ligne.

Véronique EMMANUELLI,
Nice-Matin/Corse

*

Higgins n'écoute que son bon sens et balaie d'un revers toute précipitation. Poirot et Maigret, ses illustres confrères, usent de la même sagesse.

Vincent ROUSSOT,
L'Yonne républicaine

*

Fidèle à son habitude, Higgins va devoir user de son sens de l'observation, de sa maîtrise de la conversation et de sa perspicacité pour faire toute la lumière.

Lyliane MOSCA,
L'Est-Éclair

*

Des polars à l'anglaise qui respectent à merveille les canons du genre, à commencer par les personnages, très typés… Des romans plaisants et distrayants, qui plus est bien écrits, pour passer le temps en avion, dans le train, ou en cachette au bureau derrière son Mac.

Philippe LE CLAIRE,
L'Union-L'Ardennais

*

Le livre se déguste comme un bon Agatha Christie et on attend avec impatience de découvrir la suite des aventures de cet inspecteur de Scotland Yard qui tient autant d'Hercule Poirot que de l'inspecteur Columbo !

Florence DALMAS,
Le Dauphiné libéré

*

Composition réalisée par PCA

Achevé d'imprimer sur Roto-Page
par l'Imprimerie Floch à Mayenne
en octobre 2013

Dépôt légal : novembre 2013
Numéro d'impression : 85503
Imprimé en France